윤태영의 글쓰기 노트

윤태영의

노무현 대통령은 서거할 때까지 글쓰기에 전념했다. 글을 통해 세상을 바꾸려는 열정은 그야말로 치열한 것이었다. 그가 그렇게 믿었듯이 나 또한 글이 세상에 미치는 힘을 믿는다. 글은 기록이며, 설득이며, 노선이다. 궁극적으로 생명의 표현이다. 세상을 바꾸고 싶다면 글을 써야 한다. 글은 자신을 바꾸는 데에도 유효한 수단이다.

**대통령의 필사가 전하는
글쓰기 노하우 75**

윤태영 지음

책담

2부 | 글쓰기 심화를 위한 노트 30

글쓰기를 막연히 좋아하던 시절이 있었다. 중고등학교를 다닐 때다. 학교 선생님으로부터도, 이웃 어른으로부터도 "그 녀석, 글 제법 쓴다"는 칭찬을 받아 보지 못했다. 비슷한 소리를 그 누구에게도 들어본 적이 없었다. 스스로도 글의 표현력이 뛰어나다고 생각하지 않았다. 다만 글이 좋았다. 그냥 좋았다. 시詩가 좋았고 소설이 좋았다. 국어 교과서에 등장하는 "님의 침묵" 같은 시를 쓰고 싶었고, '추일서정秋日抒情'의 기법에 감탄을 거듭했다. 김동인의 단편도, 앙드레 지드의 《좁은 문》도 모두 흉내 내고 싶은 줄거리였다. 본받고 싶은 문장이었다.

쓰고 싶은 욕구가 사춘기 학생의 온몸을 휘감고 돌았다. 시간이 날 때마다 연습장에 무언가를 끄적거렸다. 잘 쓰겠다는 욕심보다는 마음을 표현하겠다는 소망이었다. 기왕이면 '문학청년' 소리를 듣고 싶기는 했다. 쉽게 이룰 수 있는 경지는 아니었다. 포기도 비교적 빠른 편이었다. 언젠가는 잘 쓰는 사람이 되겠다는 다짐만 남았다. 이십대의 전반기는 그렇게 다짐만 있었다. 글쟁이가 되기 위한 실천은 없었다.

이십대 후반, 신혼살림을 꾸린 나에게 글쓰기는 생계수단이 되어 다가왔다. 원고지를 채워 나가는 일이 일상이 되었다. 창작이 아닌 번역이었지만, 앞에 놓인 빈 원고지를 볼 때마다 형용할 수 없는 기쁨이 있었다. 사실 원문을 해체한 후 재구성한다는 의미에서 번역은 또 하나의 창작이었다. 그 일은 나에게 많은 것을 가져다주었다. 좁은 의미의 창작을 한다는 기쁨이 그 하나였고, 월급이라 할 수는 없지만 살아갈 바탕이 되는 돈이 그 둘이었다. 빼놓을 수 없는 또 하나, 번역은 나의 글쓰기 능력을 크게 키워 주었다.

번역은 지속적인 생계수단이 되지 못했다. 수년 후 나는 정치권으로 들어갔다. 국회의원 비서 일이 그 시작이었다. 비서의 업무는 다양했지만 나는 글쓰기 영역으로 특화되었다. 국정감사질의서, 대정부질문으로 시작한 일은 점차 기자회견문, 기고문, 성명서, 홍보물 등으로 확장되었다. 다양한 장르의 글을 써야 했다. 문학을 꿈꾸던 소년은 어느 덧 정치권의 글쟁이가 되어 있었다. 당시 정치권에서는 글 쓰는 비서들을 가리켜 '문학청년'이라는 표현을 쓰곤 했다. 나는 '문학청년'으로 분류되었다. 중고등학교 시절의 막연한 꿈이 이상야릇한(?) 방식으로 실현된 셈이었다. 그로부터 20여 년, 나는 출판사와 정치권을 오가며 글을 업으로 삼는 사람이 되었다.

노무현 대통령과의 만남은 나의 글쓰기에 또 하나의 분기점이 되었다. 나는 대통령의 일상을 기록하는 일을 맡았다. 그 일상을 글로 완성해 외부로 전달하는 책무도 주어졌다. 부담이기도 했지만 행운이기도 했다. 그 과정에서 보다 성숙한 글쓰기를 할 수 있었다. 대통령은 글에 대한 많은 영감을 나에게 전해 주었다. 글을 쓰는 사람의 입장에서 그는 훌륭한 주인공이었다. 많은 화제와 에피소드를 제공하는 캐릭터였다. 지금도 여전히 나는 그에 대한 글을 쓰고 있다.

최근 글을 쓰려는 사람들이 부쩍 많아졌다. 혹자는 열풍이라고도 한다. 그만큼 글을 쓰고 싶은 욕구가 강한 시대이다. 아무래도 SNS의 영향이 클 것이다. 글을 쓰는 사람도 무척 다양해졌다. 글쓰기는 더 이상 전문작가들의 영역이 아니다. 자신의 생각을 여러 사람들에게 알리기 위해서, 또 스스로의 생각을 정리하기 위해서 글쓰기에 도전하는 사람이 많아졌다. 공직사회나 기업에서도 직원 역량 강화 프로그램의 하나로 '글쓰기'를 선택하곤 한다.

글쓰기로 먹고살 수 있는 사람은 그래도 운이 좋은 편이라 생각한다. 나는 그런 축에 속했다. 생계를 위해 써야 했다. 싫다고 도망칠 수 없었다. 항상 마감이 있었고, 수많은 지적과 잔소리에 자존심이 상해도 반드시 완성해야 하는 일이었다. 외부의 글쓰기 명망가와 경쟁해야 하기도 했다. 그런 혹독한 과정이 나의 글쓰기를 단련시켜 주었다. 부인할 수 없는 사실이다. 여유를 지닌 프리랜서였다면, 힘겨운 고비를 넘지 못하고 포기했을지도 모를 일이다.

그렇게 현장에서 글을 써 온 탓에 나에게는 글쓰기 이론이 없다.

경험만 있을 뿐이다. 경험을 가지고 스스로 정리한 나름대로의 팁만 있을 뿐이다. 내세울 만한 것이라고 생각해 본 적은 단 한 차례도 없었다. 정리해서 알려야겠다는 생각도 없었다. 그런데 최근 글쓰기 수요가 늘어나면서 생각에 변화가 생겼다. 작은 경험이지만 이 정도라도 도움이 된다면 기꺼운 마음으로 알릴 필요가 있다는 생각이었다. 때마침 에이케이스Acase의 유민영 대표로부터 비슷한 제안이 있었다. 정리를 시작했고 연재를 시작했다.

어느 정도 글을 써 온 사람을 대상으로 하기에는 부담이 있었다. 아무래도 이론이 일천하기 때문이었다. 처음 글쓰기를 시도하는 사람들을 염두에 두었다. 길게 설명하기보다는 짧고 간결하게 이야기 했다. 간단히 핵심을 정리하는 게 좋겠다는 생각이었고, 풍부한 예화가 중요하다는 판단이었다. 에이케이스에 두 차례 연재를 한 끝에 책이 완성되었다.

화가畵家가 그렇듯 글의 작가도 자기 세계가 있다. 자기만의 문체가 있고 자신만의 기법이 있다. 누가 누구를 가르치고 평가할 수 있을까? 나의 생각은 그렇다. 이 책에서 소개하는 팁 역시 금과옥조나 불문율이 절대 아니다. 하나의 경험이고 의견일 뿐이다. 이 팁들을 모으고 소화하여 자신만의 독특한 글을 완성하는 것은 전적으로 독자들의 몫이다.

노무현 대통령은 서거할 때까지 글쓰기에 전념했다. 글을 통해 세상을 바꾸려는 열정은 그야말로 치열한 것이었다. 그가 그렇게 믿었

듯이 나 또한 글이 세상에 미치는 힘을 믿는다. 글은 기록이며, 설득이며, 노선이다. 궁극적으로 생명의 표현이다. 세상을 바꾸고 싶다면 글을 쓸 필요가 있다. 글은 자신을 바꾸는 데에도 유효한 수단이다.

책이 나오기까지 도움을 주신 모든 분들에게 감사드린다. 《글쓰기 노트》를 제안하고 에이케이스에서 두 차례에 걸쳐 연재해 준 유민영 대표에게 특별한 감사의 뜻을 전한다. 부족한 원고를 훌륭한 책으로 엮어 주신 책담의 정구철 대표와 김진형 팀장에게도 거듭 감사의 말씀을 드린다. 이 책을 통해 더 많은 사람들이 글쓰기와 친숙해질 수 있다면, 그것으로 무한한 행복감을 느낄 것이다.

2014년 12월
겨울이 오는 길목에서
윤태영

1부

글쓰기 시작을 위한 노트 45

한 권 쓰는 게
열 권 읽는 것보다 백배 낫다

잘 쓰는 사람의 글을 읽을 때마다 감탄한다.

명대사를 접할 때면 다짐을 새롭게 한다.

"나도 한 자 한 자 깊이 생각하고 혼을 담아서 쓰자."

자신감이 충만하여 멋있게 첫 문장을 쓴다.

그러고는 곧바로 머릿속이 하얗게 변한다.

이어서 쓸 말이 떠오르지 않아 방안을 맴돈다.

어렵게 다시 컴퓨터 앞에 앉아 자판을 두드리지만,

우선 줄거리를 연결하기에 급급하다.

깊은 생각도 없고 담겨지는 혼도 없다.

어느 사이엔가 누군가의 문장을 흉내 내고 있다.

상투적 표현이 등장하고 유행가 가사 같기도 하다.

빼어난 독창성도, 차별화된 비유도 없다.

"나는 결국 이것밖에 안 돼. 이게 내 현실이야."

물밀 듯 자괴감이 밀려온다.

경제적 보상도 없는 글을 쓸 때면 더욱 심하다.

"내가 지금 뭐하고 있는 걸까?"

"도대체 누가 이 글을 읽는단 말인가?"

그래도 써야 한다.

중단 없는 글쓰기로 극복해야 할 첫 번째 고비이다.

유치한 모방도 좋고 진부한 표현도 좋다.

한 권 쓰는 게 열 권 읽는 것보다 백배 낫기 때문이다.

작은 고추가 매운 법이다
짧게 쓰자

2012년 대통령선거 당시,
문재인 후보의 연설문 작성을 간간이 도왔다.
중반 무렵 후보수락연설을 써 달라는 부탁이 왔다.
막바지 작업을 진행하던 중,
후보 측으로부터 다음 내용을 추가해 달라는 요청을 받았다.

제가 대통령이 되면,
기회의 평등, 과정의 공정함, 결과의 정의라는 국정운영 원칙을 바로
세우겠습니다.

내용은 좋았지만 힘은 없었다. 임팩트가 부족했다.

많은 청중을 상대로 하는 연설인데 늘어지는 느낌마저 들었다.

고심 끝에 문장을 이렇게 바꾸었다.

제가 대통령이 되면,

'공평'과 '정의'가 국정운영의 근본이 될 것입니다.

기회는 평등할 것입니다.

과정은 공정할 것입니다.

결과는 정의로울 것입니다.

강한 느낌이 살아났다.

단문이 가진 힘을 살릴 수 있었다.

글은 단문에서 시작할 필요가 있다.

문장이 잘못될 위험도 작다.

대중연설이라면 특히 그렇다.

단문 위주로 쓰다가 조금씩 긴 문장을 섞는 습관을 들이자.

늘어지지 말고 긴장을 유지하자.

연애편지도 마찬가지다.

당신은 청순한 외모, 높은 콧날, 앵두 같은 입술을 가졌습니다.

짧게 바꿔 보자.

당신의 외모는 청순합니다. 콧날은 높고, 입술은 앵두 같습니다.

작은 고추가 맵다. 문장은 짧게 쓰자.

글은 머리가 아니라
메모로 쓴다

참여정부 대변인 시절,

기자실에 갈 때마다 자료를 두툼하게 들고 갔다.

질문이 아예 없는 적도 있었지만

매일 그렇게 자료를 들고 나갔다.

"모릅니다"라는 답변보다는

"자료를 보고 말씀드리겠습니다"라는 편이

실수도 줄이고 신뢰도 얻는 방법이었다.

머리로 기억하는 데에는 용량의 한계가 있었다.

두툼한 자료들이 두려움을 반감시켜 주었다.

글쓰기도 마찬가지다.

생각을 많이 하면 하고픈 말이 많아진다.

많이 알면 알수록 쓸 수 있는 글이 많아진다.

대체로 읽은 것은 머릿속에 남고, 쓴 것은 컴퓨터에 남는 법이다.

꼭 그래야 할 이유는 없다.

보고 듣는 모든 것, 읽고 생각한 모든 것을,

몽땅 컴퓨터에 저장해 놓을 필요가 있다.

나이가 오십이 넘자 그 필요성을 더욱 절감한다.

몇 달 후에 보면 낯선 메모들도 많이 접한다.

머리가 기억 못하는 메모들이다.

그 메모들을 모아 엮으면 하나의 글이 되기도 한다.

글은 머리가 아니라 메모로 쓰는 것이다.

마감은 데드라인,
어기면 죽음이다

기자들은 짧은 시간에 빨리 글을 쓴다.

마감이라는 무서운 채찍이 그들을 압박한다.

엄청난 중압감과 날마다 싸운다.

그 스트레스를 이겨야 진정한 기자로 거듭난다.

마감은 글 쓰는 훈련이 될 수 있다.

더 많은 시간을 들여 더 훌륭한 작품을 만들 수도 있지만,

마감 내에 글을 완성시키는 것이 더 중요하다.

일단 글에 최소한의 생명을 불어넣어야 한다.

혼자서 생각의 정리를 위해 쓰는 글이라도

스스로 마감을 정해 놓을 필요가 있다.

그렇게 고삐를 조여야 한다.

높은 완성도도 중요한 명제이지만

낮은 단계의 완성은 더욱 중요하다.

일단 완성했다는 자신감은 다음 단계로 도약하는 발판이 된다.

임기 말의 노무현 대통령이 어느 날,

어떤 정치인에게 보낼 서신을 쓰라고 나에게 지시했다.

며칠간 심혈을 기울여 편지를 완성했다.

고심을 하느라 예정했던 시간보다 4-5일 늦어졌다.

그러던 중에 정치적 상황이 바뀌었다.

그러자 대통령은 서신을 보낼 마음이 없어졌다.

심혈을 기울인 글이 휴지조각이 되고 말았다.

글쓰기의 세계도 결국은 일종의 경쟁이다.

최소한 자기 자신과의 싸움이다.

그런 의미에서 마감은 데드라인이다.

어기면 지는 것이다. 아니, 죽는 것이다.

'이름 모를 소녀',
신비함의 유혹에 빠지지 말자

산과 들에는 이름 모를 꽃들이 잔뜩 피어 있었다.

하늘에는 낯익은 철새들이 날고 있었고,

어디로 가는지 모르는 구름이 둥실 떠 있었다.

전문작가들의 글에서는 찾아보기 어려운 문장이다.

좋지 않은 글의 전형으로 지적받기 쉽다.

글 쓰는 사람은 독자를 위해 최선을 다해야 한다.

사물의 모습과 이름을 최대한 정확하게 묘사할 필요가 있다.

추상적이고 애매한 문장은 좋지 않다.

구체적이고 정확한 표현이 머리에 오래 남는 법이다.

이렇게 바꿔 보자.

산과 들에 개나리, 진달래, 산수유 꽃이 일제히 피었다.
강남에서 날아온 제비들이 하늘을 날았고,
하얀 구름들은 서에서 동으로 몰려가고 있었다.

글을 마무리하기 전에 한 번 더 살펴보자.
자신의 게으름을 그럴듯한 애매함으로 감춘 대목이 혹시 없는지….
'이름 모를 소녀', 이제 그 신비함의 유혹에 빠지지 말자.

쉽고 간결한 문장이
오히려 강한 인상을 남긴다

인생은 짧고 예술은 길다.

어려운 낱말이 아니어도 훌륭한 명언이 된다.

사람이 책을 만들고 책이 사람을 만든다.

'사람', '책', '만든다.', 세 낱말이 유의미한 문장을 완성한다.

많은 사람들에게 메시지를 전달하려면
쉽게 이해될 수 있는 용어를 사용할 필요가 있다.
자신만이 알고 있는 표현이나 비유는 금물이다.

자신이 속한 그룹이나 사회에서만 통용되는 용어도 안 된다.

철저하게 읽는 사람의 용어로 메시지를 전달해야 한다.

대중을 상대로 하는 정치에서는 더욱 그렇다.

2001년 노무현 대통령후보 경선 캠프 때의 일이다.

기획팀에서 노무현 후보의 강점을 알리는 소책자를 만들었다.

핵심은 '본선 경쟁력'이었다.

한나라당 후보를 상대로 가장 많은 득표를 할 수 있는 후보라는 점을
부각했다.

국회를 비롯한 여의도 정치권에서 비교적 호응이 있었다.

문제는 이를 경선 슬로건으로 바꾸는 일이었다.

일반 대의원과 국민들에게는

'본선 경쟁력'의 메커니즘을 쉽게 이해시키기 어려웠다.

그럴 시간도 부족했다.

결국은 그 모든 것을 쉽고 간결하게 압축하는 한마디를 찾았다.

"단 한 장의 필승카드"였다.

수많은 후보들 가운데 유일하게 한나라당을 압도할 후보라는 의미
였다.

슬로건은 나름 효과를 보았고,

경선의 승리와 노풍의 형성에 일정한 기여를 했다.

워드프로세서 실력도
글쓰기 능력이다

내가 글쓰기를 시작하던 시절엔 컴퓨터가 없었다.

글을 쓰려면 200자 원고지부터 찾았다.

수정을 여러 번 하면 원고지가 너저분해졌다.

거듭된 수정으로 쓸 공간이 없어지기도 했다.

긴 문단을 추가하려면 원고지를 풀로 붙이는 수밖에 없었다.

한때는 수정액이 나와 교정부호를 대신하기도 했다.

컴퓨터와 워드프로세서의 등장이 그 모든 번거로움을 일거에 해결
했다.

이제는 교정부호도 수정액도 필요 없는 시대이다.

그야말로 글쓰기의 천국이다.

물론 명필名筆은 붓을 탓하지 않는다.

손으로 쓰든 워드프로세서로 치든 글만 잘 쓰면 된다.

하지만 분명한 차이가 있다.

워드프로세서에 익숙하면 그만큼 효율적인 글쓰기를 할 수 있다.

시험 삼아 글을 써 볼 수도 있고

무한대로 수정이 가능하다.

지웠던 글도 살려낼 수도 있고,

같은 주제의 글을 여러 버전으로 관리할 수도 있다.

저 이백 쪽 뒤의 글을 맨 앞으로 끌고 와 갖다 붙일 수도 있다.

단어의 찾기는 물론, 일괄해서 한꺼번에 바꾸는 작업도 가능하다.

기능을 알면 알수록 글쓰기에 백번 유리하다.

시간과 공력을 들여서라도 워드프로세서를 능숙하게 다룰 필요가 있다.

꼭 워드프로세서만이 아니다.

글을 잘 쓰기 위해서는

포스트잇부터 시작해서 모바일 장비에 이르기까지

그 모든 것을 활용할 필요가 있다.

두 개의 모니터도 적극 고려해 볼 필요가 있다.

하나는 원고지이고, 다른 하나는 독서카드가 된다.

사람들이 듣고 싶은 말이 있다
그 말을 찾아라

2009년 5월 29일 노무현 대통령의 영결식을 앞두고

한명숙 총리의 조사弔辭 원고를 작성하는 일이 나에게 주어졌다.

경황이 없던 터라 막막하기만 했다.

어깨도 무거웠다.

하룻밤 내내 컴퓨터 앞에 앉아 있었지만

원고는 한 쪽도 채울 수 없었다.

영결식이 다가오자 더욱 초조해졌다.

많은 상념과 고민 끝에 잘 써야 한다는 압박감을 떨쳐냈다.

명문을 쓰겠다는 욕심부터 버렸다.

무언가 길이 남을 문구를 담겠다는 생각도 포기했다.

철저하게 한명숙 총리의 입장에서 생각했다.

한 총리라면 무슨 말을 할 수 있을 것인가?

딱딱하고 절제된 언어보다는

부드러우면서도 정서적인 용어가 좋겠다고 생각했다.

무엇보다 조사를 들을 사람들을 생각했다.

많은 사람들이 대통령의 서거에 비통해하고 있었다.

영결식을 통해 대통령을 떠나보내는 순간인 만큼

사람들은 슬픔에 가득 차 있었다.

말하자면 울 준비가 되어 있었다.

생각을 정리했다.

사람들이 마음껏 울 수 있도록 원고를 쓰는 것이었다.

결국 대통령의 생전 말씀 가운데에서 키워드를 찾았다.

"정치하지 말라"는 이야기였다.

이 키워드와 '바보 노무현'을 엮어서 한 문단을 만들었다.

이제 우리는 대통령님을 떠나보냅니다.

대통령님이 언제가 말씀하셨듯이,

다음 세상에서는 부디

대통령 하지 마십시오.

정치하지 마십시오.

또다시 '바보 노무현'으로 살지 마십시오.

그래서 다음 세상에서는 부디

더는 혼자 힘들어하시는 일이 없기를,

더는 혼자 그 무거운 짐 안고 가시는 길이 없기를

빌고 또 빕니다.

청중이 듣고 싶은 말이 정답인 경우가 있다.

글과 그림은 통한다
글에도 가선을 그어 보자

인물 스케치를 할 때 여러 가지 가선加線을 활용하게 된다.

사람 얼굴을 묘사하는 경우,

머리 한가운데에서 코를 통과하는 중심선을 세로로 그린다.

이 중심선 위에 눈, 코, 입이 위치할 곳에 각각 가로로 보조선을 그린다.

일종의 기준이 되는 선이다.

이 가선에 따라 눈, 코, 입, 머리카락 등을 그려 넣으면 한결 수월하다.

스케치가 완성되면 중심선이나 보조선을 지우개로 지운다.

글을 쓰는 것도 스케치와 마찬가지다.

전체 글을 관통하는 큰 흐름을 먼저 생각한다.

일종의 중심선이다.

여기에 각각의 내용을 담을 항목을 미리 정한다.

말하자면 머리카락, 눈, 코, 입이 들어갈 위치를 정해 두는 것이다.

지방선거 출마자의 연설문을 쓴다고 가정하자.

전체를 관통하는 흐름이 출마의 이유가 될 것이다.

선거 후반이 되면 공약이 키워드가 될 수도 있다.

어쨌든 이것이 얼굴로 치면 세로 중심선에 해당될 것이다.

이제 각 내용을 담을 항목을 구분해 놓는다.

1) 인사, 2) 자기소개, 3) 출마 이유, 4) 자신의 강점,

5) 지역공약, 6) 지지호소.

대체로 위와 같이 될 것이다.

이렇게 구분해 놓으면 내용이 뒤죽박죽 섞일 염려가 없다.

한 항목에 지나치게 많은 내용이 담기고,

다른 항목엔 내용이 부족해질 염려도 없다.

눈과 입의 크기가 서로 조화를 이루지 못하는 경우가 없어지는 것

이다.

연설문이 다 완성되면

보조선을 지워 그림을 완성하듯이 항목 표시를 지워 버리면 된다.

때로는 연설자의 시간 배분을 위해서 남겨 둘 수도 있다.

글에게 생명을 주자
생명의 리듬을 주자

사람이 살아 있음을 확인하는 증명은 호흡과 심장 박동이다.

글도 마찬가지다.

글이 살아 있어야 사람의 마음을 움직일 수 있다.

단순히 나열되기만 한 글에 어떻게 하면 생명을 불어넣을 수 있을까?

숨을 불어넣고 심장 박동을 주어야 한다.

결론은 리듬을 주는 것이다.

다음과 같은 문장이 있다고 하자.

그 글은 밋밋하게 쓰였는데, 읽는 사람도 그다지 재미가 없었던지 몇
줄 읽다가 마는 경우가 대부분이었다.

한 문장을 읽는 데도 조금 지루한 느낌이 든다.

글이 살아 있다는 생각이 들지 않는다.

리듬감을 한번 넣어 보자.

글은 밋밋했다. 재미가 없었다.

대부분의 사람들은 몇 줄 읽다가 말았다.

말하자면 3.3.7 박자 같은 것이다.

문장을 두 번은 짧게, 한 번은 길게 가는 것이다.

리듬을 가지면서 문장이 살아 있다는 느낌을 준다.

꼭 3.3.7일 필요는 없다.

자신이 좋아하는 리듬이면 된다. 그 리듬을 타 보자.

1.2.3.4도 있을 수 있다.

밋밋했다. 재미없는 글이었다. 몇 줄 읽어 보다가 말았다.

대부분의 사람들이 재미를 느끼지 못하는 모습이었다.

시작은 가급적 짧은 글로 하자.

시작부터 긴 호흡으로 가면 숨이 가쁘다.

2.3.4.2도 가능할 것이다.

글은 밋밋했다. 재미가 없었다. 사람들은 몇 줄 읽다가 말았다. 대부분 그랬다.

각자가 좋아하는 리듬에 맞춰 문장을 재구성해 보자.

가끔은 시인이 되자
래퍼가 되자

프랭크 시나트라Frank Sinatra가 부른 "마이 웨이My Way"는 불후의 명
곡으로 손꼽힌다.
도입 부분의 가사를 보자.

And now, the end is near.
And so I face the final curtain.
My friend, I'll say it clear.
I'll state my case of which I'm certain.

첫째 줄과 셋째 줄은 끝 단어가 모두 '-ear'로 끝난다.
둘째 줄과 넷째 줄은 모두 '-rtain'으로 끝난다.

영시나 팝송에서 자주 접하게 되는 '각운'이다.

요즘은 한국의 대중가요에서도 각운을 접하게 된다.
특히 랩rap에서는 이러한 경향이 두드러진다.
다음은 빅뱅의 "거짓말" 가운데 랩 부분이다.

그댈 위해서 불러 왔던 내 모든 걸 다 바친 노래

(아마 사람들은 모르겠죠)

난 혼자 그 아무도 아무도 몰래

(그래 내가 했던 말은 거짓말)

홀로 남겨진 외톨이, 그 속에 헤매는 내 꼴이,

주머니 속에 꼬깃꼬깃, 접어 둔 이별을 향한 쪽지

(넌 어딨나요 널 부르는 습관도)

난 달라질래. 이젠 다 웃어넘길게.

역시 유사한 음절들이 끄트머리에서 반복되고 있다.
일종의 각운법인데 듣는 사람에게 강한 인상을 남긴다.
글을 쓸 때에도 이런 방법을 활용할 필요가 있다.

'나는 슬픔, 너는 기쁨. 우리는 아픔.'
영어와 달라서 한국말에서는 각운을 맞추기가 쉽지 않다.

지나치게 맞추려다 보면 오히려 어색해질 수 있다.

그것보다는 강조할 핵심문구를 문단마다 반복하는 방법이 좋다.

홍보물을 만들거나 주장하는 글을 쓸 때 활용하면 좋을 듯싶다.

그는 봉사하는 사람입니다.

낮은 곳에서 일했습니다.

그는 진정한 이웃입니다.

그는 또 베풀 줄 아는 사람입니다.

가진 것을 항상 나누었습니다.

그는 진정한 이웃입니다.

12

접속사, 지나치게 의식하지 말자
흐름을 중시하자

무술년 여름에 진린의 함대 5백 척은 강화를 떠났다. 강화를 떠난 진린의 함대는 곧바로 남해안으로 내려오지 않았다. 진린의 함대는 한강을 거슬러서 동작나루까지 올라갔다. 동작나루에서 마포나루까지 명 수군의 전선 5백여 척이 도열했다. 그날 비가 내렸다. 동작나루에서 임금은 울먹이며 진린을 전송했다. 임금이 진린의 손을 잡을 때, 함대는 대포를 쏘고 폭죽을 터뜨렸다. 바람이 불어, 비에 젖은 곤룡포가 임금의 허벅지에 감겼다. 임금은 삼정승을 대동했다. 임금을 맞을 때 진린은 칼을 벗지 않았고 근위 무사들을 물리치지 않았다.

《칼의 노래》(김훈, 문학동네)의 한 대목이다.

열 개의 문장이 계속되는 동안 접속사는 단 한 차례도 등장하지 않는다.
흐름에는 전혀 막힘이 없고 어색한 대목도 없다.

"접속사가 많은 문장은 좋지 않다."

글쓰기 명인들이 이구동성으로 이야기하는 지침이다.
문제는 이것이 쉽지 않다는 점이다.

접속사가 있었다면 위의 대목은 어떤 글이 되었을까?

무술년 여름에 진린의 함대 5백 척은 강화를 떠났다. 그런데 진린의 함대는 곧바로 남해안으로 내려오지 않았다. 그리고 한강을 거슬러서 동작나루까지 올라갔다. 동작나루에서 마포나루까지 명 수군의 전선 5백여 척이 도열했다. 마침 그날 비가 내렸다. 동작나루에서 임금은 울먹이며 진린을 전송했다. 임금이 진린의 손을 잡을 때, 함대는 대포를 쏘고 폭죽을 터뜨렸다. 그때 바람이 불어, 비에 젖은 곤룡포가 임금의 허벅지에 감겼다. 임금은 삼정승을 대동했다. 그런데 진린은 임금을 맞을 때 칼을 벗지 않았고 근위 무사들을 물리치지 않았다.

접속사는 문장의 흐름을 부드럽게 해주긴 한다.

글의 맥락을 좀 더 쉽게 이해할 수 있도록 도와주기도 한다.

비교하면 쉽게 알 수 있듯이 깔끔하고 정갈한 맛은 떨어진다.

취향의 차이일 수도 있다.

글을 처음 쓰기 시작할 때라면 접속사를 과도하게 의식할 필요가 없다는 생각이다.

글을 매끄럽게 쓰는 데 치중하는 게 우선이다.

접속사를 쓰지 않으려면 뒤에 오는 문장의 구조에 신경을 써야 한다.

다음과 같은 문장이 있다.

나는 집으로 갔다. 그런데 엄마가 없었다. 그래서 나는 밥을 먹으러 친구 집에 갔다.

여기서 접속사를 생략해 보자.

나는 집으로 갔다. 엄마가 없었다. 나는 밥을 먹으러 친구 집에 갔다.

첫 문장에서 둘째 문장으로 가는 과정은 부드럽지만, 둘째 문장에서 셋째 문장으로 가는 대목은 조금 어색하다. 어딘가 손을 볼 필요가 있다. 접속사를 쓰지 않는다면 뒷문장을 고쳐야 한다.

나는 집으로 갔다. 엄마가 없었다. 밥은 먹어야 했기 때문에 친구 집으로 갔다.

접속사를 빼고 뒷문장을 고치는 훈련을 해 보자.

13

열의 재료를 가지고
다섯을 만들자

우리는 살아가면서 많은 걱정을 한다.

누군가 말하기를 '그 대부분이 쓸데없는 걱정'이라고 한다.

일어나지 않을 일에 대한 걱정이거나,

일어나도 어쩔 도리가 없는 일에 대한 걱정이라는 것이다.

즐겁게 살려면 그 절반을 없앨 필요가 있다.

글도 마찬가지다.

일단 초안을 써놓고 나서 보면

쓸데없는 문장들이 생각보다 많이 눈에 띈다.

중복된 의미의 문장도 있고

꼭 들어가지 않아도 되는 군더더기도 있다.

군더더기는 아니지만 삭제해도 무방한 내용 역시 더러 있다.

절반을 줄인다는 생각으로 칼질을 해 보자.

일부러라도 연습을 해 볼 필요가 있다.

다섯 개의 재료를 가지고 열을 만든 글은 길지만 빈약하다.

열 개의 재료를 압축해 다섯을 만든 글은 짧지만 알차다.

대부분의 독자들은 짧게 읽고 많이 배우기를 기대한다.

절반을 줄이는 연습을 한번 해 보자.

글을 쓸 때면 누구나 한 자 한 자 심혈을 기울여 씁니다.

많은 노력과 정성이 담깁니다.

자신이 심혈을 기울여 쓴 문장은 아깝습니다.

수정하는 과정에서 들어내기가 쉽지 않습니다.

그래도 과감히 줄이고 압축해야 합니다.

지우기에는 문장이 너무 아깝다는 생각이 들면

파일을 그대로 보관하면서

압축한 파일을 새로운 버전으로 관리하면 됩니다.

이 글을 절반으로 압축해 보자.

누구나 심혈을 기울여 글을 쓰기 마련입니다.

정성과 노력을 담은 문장은 들어내기도 쉽지 않습니다.

그래도 과감히 줄이고 압축해야 합니다.

아까운 문장은 별도의 파일로 보관하면 됩니다.

14

글의 세계에서는 백화점보다
전문매장이 경쟁력이다

독자는 다른 사람의 글을 읽으면서

무언가를 배우거나 얻고자 한다.

반대로 작가는 글을 쓰면서

자신이 알거나 취재한 사실들을 담으려고 노력한다.

특히 정치인들은 연설 기회가 있을 때마다

자신의 많은 것들을 이야기하려고 한다.

국회의원들은 대정부질문을 하게 되면

출석한 장관들 모두를 상대로 질문을 하려고 한다.

자신의 모든 관심사를 제한된 시간 내에 쏟아내려고 한다.

대통령도 크게 다르지 않다.

자신이 추진하고 있는 모든 정책을 설명하려고 한다.

모든 계층을 상대로 최소한 한마디라도 전하려고 한다.

그러다 보면 연설이나 글이 백화점식이 되고 만다.

백화점식 연설의 가장 큰 단점은

연설 후에 뚜렷하게 기억나는 대목이 하나도 없다는 것이다.

2007년 초 노무현 대통령의 신년연설이 그랬다.

대통령이 욕심을 많이 냈다.

마지막 신년연설임을 의식하여 많은 내용을 담으려 했는데

오히려 산만해지면서 의미 있는 메시지 전달에 실패하고 말았다.

평소처럼 대중연설 스타일로 하면

특정 주제에 대해 비교적 깊이 설명하고 다른 주제들은 건너뛰게 된다.

그러면 청중은 특정 주제에 대해 강한 메시지를 전달받게 된다.

후보수락연설, 취임사, 신년연설, 광복절 경축사 등은 특히 중요하다.

관심이 집중되기 때문에 대통령도 내용 하나하나에 신경을 쓰게 된다.

상대적으로 연설 시간도 길어질 수밖에 없다.

주요 계기의 연설에서 명연설이 나오기 힘든 이유이다.

좋은 글, 좋은 연설이 되려면 선택과 집중이 필요하다.

"A friend to everybody is a friend to nobody"란 말이 있다.

글의 세계에서는 백화점이라기보다는 전문매장이다.

15

글의 시작, 어떻게 할 것인가?
강렬하거나 친숙하거나

시작이 반이라고 했다.

대부분의 사람들이 시작하는 대목에서 막힌다.

썼다, 지웠다 하기를 되풀이한다.

그러다가 절반의 시간이 지나가 버린다.

이래저래 시작이 절반이라는 말은 맞는 셈이다.

정말로 시작이 쉽지 않다면,

아무리 여러 가지 써 보아도 마음에 들지 않는다면,

글의 나머지 절반을 쓴다는 생각으로 써 보자.

시작이 특별히 어려운 이유가 있다.

처음부터 본론을 이야기하는 것은 적절하지 않다는 생각이다.

속내를 감추면서도 호기심을 불러일으키려다 보니 어렵게 느껴진다.

글의 중반부터 쓴다는 생각을 하자.

말하자면 핵심부터 쓰자는 것이다.

그 글의 키워드 또는 핵심 메시지로 시작하자는 것이다.

그러면 오히려 풀릴 수도 있다.

예를 들어 보자.

우리의 민주주의는 아직 갈 길이 멀었다.

나는 이 나라가 싫다. 사람들의 이기심이 싫다.

전체 글을 통해 표현하려던 핵심 메시지를 서두에 쓰는 것이다.

독자들에게 오히려 강한 인상을 줄 수 있다.

그 밖에도 글의 시작은 여러 방법이 있을 수 있다.

사람들의 시선을 붙잡아 두기 위해서는

강렬하고 자극적인 시작일 필요가 있다.

독자가 고개를 끄덕일 정도로 공감이 되는 시작도 좋다.

물론 취향이다.

시작은 밋밋하되 점차 흥미와 긴장을 더해 갈 수도 있다.

아무래도 노련하게 글을 쓰는 사람의 영역일 것이다.

시작의 몇 가지 방법을 살펴보자.

(반문 또는 의문형)

"당신은 안녕하십니까?"

"민주주의를 아십니까?"

"4월 2일 오전 10시. 취임 후 처음으로 국회 국정연설을 위해 본회의
장으로 들어서는 대통령은 머릿속으로 무슨 생각을 하고 있었을까?"

(공감형)

"나이 오십이 되니 몸이 구석구석 쑤신다."

"오늘도 나는 만원 지하철을 탄다."

(자극형)

"그는 비참하게 죽었다."

"이제 한반도는 사람이 살 곳이 아니다."

(대화형)

"저기 좀 보세요. 저기요!"

"당장 그만두지 못하겠니?" 어머니의 말씀이었다.

"'어, 저건 꿩이잖아? 꿩이 이곳에 다 오네.'
반가운 손님이 찾아오기라도 한 듯, 대통령은 자리에서 훌쩍 일어나
마당이 보이는 창문 앞으로 바싹 다가섰다."

(결론형)

"나는 이 나라가 싫다. 이유를 설명하겠다."

"참여정부 50일. 그것은 한마디로 '변화의 시작'이었다. 고정관념이 파괴되었고 기득권은 더 이상 기득권이 되지 못했다."

시작은 독자가 계속 읽게 만드는 데 기여해야 한다.

시작이 좋으면 50점은 벌고 들어가는 것이다.

16

정석으로 갈 것인가?
파격을 선택할 것인가?

바둑에 정석이 있다.

프로기사들의 대국을 보면 네 귀에서 정석의 형태가 펼쳐진다.

정석이란 무엇일까?

그 상황에서 각자가 둘 수 있는 최선의 수라는 의미일 것이다.

그러나 모든 대국이 정석에 따라 두어지는 것은 아니다.

정석에서 이탈하는 수가 생기기도 한다.

말하자면 변화를 모색하는 수인 것이다.

이를 통해 판세를 흔들거나 새로운 전투를 모색하는 것이다.

그렇게 볼 때 정석에서의 이탈, 즉 파격은 다분히 공격적이다.

파격에 비하면 정석은 상대적으로 방어적이다.

존경하는 의원 여러분! 그리고 국무위원 여러분! 부산동구에서 처음으로 국회의원이 된 노무현입니다. 국무위원 여러분! 저는 별로 성실한 답변을 요구 안 합니다. 성실한 답변을 요구해도 비슷하니까요. 제가 생각하는 이상적인 사회는 더불어 사는 사람 모두가 먹는 것, 입는 것, 이런 걱정 좀 안 하고 더럽고, 아니꼬운 꼬라지 좀 안 보고, 그래서 하루하루가 좀 신명나게 이어지는 그런 세상이라고 생각을 합니다.*

당시로서는 파격적인 연설이었다.
대정부질문이라면 의례적으로 사용되는 문구들이 대폭 생략되었다.
예를 들면 이런 것이다.

존경하는 선배·동료 의원 여러분, 그리고 총리를 비롯한 국무위원 여러분.

노 의원은 이 부분을 대폭 생략하거나 압축했다.
성실한 답변을 요구하지 않는다는 언급도 파격적이었다.
이어서 등장하는 표현들도 마찬가지다.
'아니꼬운 꼬라지'는 이런 점잖은(?) 연설에는 잘 사용되지 않는 표

---

* 1988년 7월, 초선인 노무현 의원의 사회분야 대정부질문 시작 대목.

현이다.

다시 그로부터 15년이 흐른 후의 노무현 대통령.

그가 공식석상에서 읽은 연설에서는 이런 파격을 찾아볼 수 없었다.

글의 도입 부분은 상당히 정형화된다.

의례적인 이야기들이 꽤 많은 분량을 차지하게 된다.

낭독형 연설은 청중에게 강한 인상을 남기기 어렵다.

상대적으로 프리토킹은 뚜렷한 인상을 남길 수 있다.

노 대통령의 경우 이를 자주 시도했지만,

대통령의 위치에서는 쉬운 일이 아니다.

실수라도 생기면 역풍이 불기 때문이다.

파격은 모험이다.

'High Risk, High Return'의 원칙이 적용된다.

글을 쓰기 시작하는 상황이라면

처음부터 파격을 도모하기가 쉽지 않다.

일단 정석에서 시작하자.

감사 인사와 내빈 소개와 같이 의례적으로

거쳐야 할 대목이 있다면 그대로 따르자.

어느 정도 글쓰기에 익숙해졌다고 느껴지는 순간

과감하게 파격을 시도해 보자.

끊임없이 변화를 모색하자.

주어진 틀을 거부하자.

앞뒤를 바꾸어 써 보기도 하고 도발적으로 문제 제기를 해 보자.

매일 정석만 두면서 실점을 안 하려고 해서는

글쓰기 능력에 발전이 있기가 어렵다.

정석에서 일탈해 변화를 도모해야 한다.

변화를 시도하는 기사가 진정한 10단이다.

17

비유는 상상력이다
맘껏 활용해 보자

비유는 말과 글을 풍성하게 해주는 장치이다.

직유든 은유든, 비유가 있을 때

글은 감칠맛을 더하고 읽는 재미가 생긴다.

비유가 만사형통은 아니다.

너무 많은 비유는 글을 이해하기 어렵게 만든다.

특히 조심해야 할 것은 자신만의 비유다.

자신만이 느끼고 이해할 수 있는 비유는 조심해야 한다.

다음과 같은 문장이 있다고 하자.

선반의 삐져나온 모서리에 머리를 세게 부딪쳤다. 많이 아팠다.

몇 년 전 갑자기 뇌출혈이 찾아왔을 때 느꼈던 통증과 같았다.

머리의 아픔을 '뇌출혈'의 통증에 비유하고 있다.

과연 적절한 것일까? 그렇기도 하고 그렇지 않기도 하다.

'뇌출혈'의 통증을 통해 머리가 아픈 강도를 설명하려는 시도라면

적절치 않다.

'뇌출혈'은 흔치 않은 경험이다.

독자들은 그것이 어느 정도의 아픔인지 헤아릴 수 없다.

그렇다면 적절한 경우는 무엇일까?

뒤의 비유가 그 자체로 하나의 묘사를 위한 것이라면

문제될 것이 없다.

이 경우 문장의 주안점은 뒤의 문장에 있게 된다.

작가의 의도가 선반 모서리에 머리를 부딪친 것을 빌려

과거에 자신에게 뇌출혈이 찾아왔던 경험을 끄집어내려는 것이다.

그렇다면 오히려 바람직한 묘사일 수도 있다.

앞의 경우처럼 순수하게 아픔의 강도를 묘사하려 한다면

다음과 같은 비유들이 적절할 것이다.

선반 모서리에 머리를 세게 부딪쳤다.

망치로 머리를 얻어맞는 아픔이었다.

선반 모서리에 머리를 세게 부딪쳤다.
수십 개의 바늘이 콕콕 찔러대었다.

비유는 상상력의 세계이기도 하다.
직접 경험해 보지는 못했지만 미루어 짐작할 수 있는 비유도 있다.

'벼랑끝 전술'
'백척간두에서 진일보'
'구름 위에 뜬 기분'
'터질 듯한 심장'
'지옥의 초열'

모두 다 겪어 보지 않아도 느낄 수 있는 세상이다.
이런 느낌의 비유들을 몇 가지씩 찾아보자.

- 자신을 버린 주인이 다시 올 것으로 생각하고 그 자리에서 꼼짝도 하지 않은 채 망부석이 되어 버린 유기견의 기다림.
- 영하의 겨울, 서울역 지하도에서 펼친 종이상자를 이부자리 삼아 잠이 든 노숙자의 힘겨움.
- 이스라엘에서 날아온 포탄에 맞아 피 흘리며 죽어간 아들을 끌어 안고 있는 시리아 어느 아버지의 슬픔.

18

핵심 메시지,
기회가 있을 때마다 되풀이하라

사람들은 누군가에게 무언가를 전달하기 위해 글을 쓴다.

이야기일 수도 있고 짧은 주장일 수도 있다.

이른바 핵심 메시지이다.

독자들에게 핵심 메시지를 강렬하게 각인시키려면 어떻게 해야 할까?

길든 짧든 이야기를 짧은 한마디로 압축하라.

그 한마디 문장을 수시로 반복하라.

시작도 그 문장으로, 마무리도 그 문장으로 하는 방법도 있다.

일종의 수미상관법首尾相關法이다.

다음과 같은 글이 있다.

봄이 어느새 우리 곁에 와 있다.

봄바람은 얼어붙었던 내 몸을 녹이고

신록은 움츠렸던 내 마음을 풍성하게 한다.

봄은 사랑이다.

나는 그 봄을 맞으러 나간다.

나를 기다리는 그 누군가를 만나러 간다.

봄을 맞는 어떤 이의 감상이다.

글쓴이가 이 짧은 글을 통해 전달하려는 핵심 메시지는 무엇일까?

사랑이 싹트는 계절로서의 봄이 아닐까?

그렇다면 핵심이 되는 메시지는 바로 "봄은 사랑이다"이다.

이 짧은 한마디를 시작과 끝에 붙여 보자.

봄은 사랑이다.

봄이 어느새 우리 곁에 와 있다.

봄바람은 얼어붙었던 내 몸을 녹이고

신록은 움츠렸던 내 마음을 풍성하게 한다.

나는 봄을 맞으러 나간다.

나를 기다리는 그 누군가를 만나러 간다.

봄은 사랑이다.

시작과 끝에서 일치되는 문장만큼 강렬한 메시지도 없다.
짧은 글을 통해 수미상관법을 활용해 보자.

우리는 동지입니다.
혹독한 시절에는
부족한 가진 것을 함께 나누며 싸웠습니다.
그 매섭게 춥던 시절에
서로의 체온으로 살아 있음을 확인하며 버텼습니다.
우리의 노력으로 세상은 달라졌습니다.
그 후 우리는 갈라섰습니다.
가야 할 길에 대한 생각이 다르기 때문이었습니다.
그러나 떨어져 지내는 계절에도
우리는 결국 한곳을 지향했습니다.
우리는 언젠가 그 어디에선가 만날 수밖에 없습니다.
우리는 동지입니다.

19

제목,
본문을 쓰고 나면 저절로 눈에 들어온다

제목은 글 전체를 포괄하는 핵심적인 한마디이다.

책을 펴낼 때 출판사나 저자들은

제목 때문에 고심에 고심을 거듭한다.

제목이 책 판매에 상당한 영향을 준다고 생각하기 때문이다.

글도 마찬가지다.

제목만 보고 읽을 것인가를 결정하는 독자들이 꽤 많다.

나는 철저하게 '선先 본문, 후後 제목'이다.

물론 글을 쓰는 동안에도 하나의 주제는 머릿속에 분명하게 가지고
있다.

하지만 우선은 글 전체를 완성하는 일에 주력한다.

글을 다 쓰고 난 뒤 퇴고를 하는 과정에서

자연스럽게 제목이 눈에 들어온다.

글 한 편을 쓰고 나면

본문 가운데에서 마음에 드는 문구나 표현이 생기곤 한다.

나는 대부분 그것을 제목으로 활용한다.

미리 제목을 정하지 않는 또 하나의 이유가 있다.

제목을 설정해 놓고 글을 쓰다 보면

알게 모르게 사고가 그 틀 안에 머물게 된다.

나도 모르게 제목에 얽매이게 되는 것이다.

상상력의 여지를 조금 더 열어 둘 필요가 있다.

제목 붙이기 역시 글 쓰는 과정의 하나이다.

여러 글들을 종합하여 편집하는 사람에게 맡기지 말고

스스로 제목을 붙이는 습관을 들이는 게 좋다.

대정부질문이나 기자회견문을 비롯하여

꼭 제목이 없어도 되는 글에도 가급적 제목을 달자.

예를 들면 이런 식이다.

"대화와 타협의 새로운 정치시대를 열자."

이것을 제목으로 하고

"제152회 국회 정치분야 대정부질문"

이것을 부제로 하는 것이다.

제목을 "제152회 국회 정치분야 대정부질문"으로 달지 말자.

연설문이나 기자회견문 같은 경우는

본문을 압축적으로 표현하는 문구가 제목으로 적당하다.

반면 기고나 칼럼 등 일반적인 글의 경우는

꼭 그래야 할 필요가 없다.

오히려 그런 제목은 권하고 싶지 않다.

본문 내용을 구체적으로 드러내기보다는

사람들이 읽고 싶은 마음이 들도록

호기심을 자극하는 제목을 활용할 필요가 있다.

예를 들자면, 이런 식이다.

"서울역에 1층에 가 보았더니…"

"대통령의 황당무계한 실수"

제법 긴 편에 속하는 글들의 경우

중간제목들을 적극적으로 다는 것도 생각해 보자.

중간제목들을 활용하면 우선 문장을 압축하는 능력이 생긴다.

한편으론 바쁜 독자들을 위한 서비스가 되기도 한다.

무엇보다 독자를 본문으로 끌어들이는 카피가 된다.

그렇다고 해서 요즘 인터넷에 자주 등장하는

"…해 보니 충격!", "…했더니 하는 말이…"

이런 식의 표현은 자제하자.

격이 떨어진다.

{20}

대구對句를 활용하자
그러면 절반은 온 것이다

북악산 자락의 공기는 제법 쌀쌀했지만, 인수문을 나서는 대통령의 발걸음은 가벼웠다. 정확하게 만 5년을 살았던 관저의 큰 문을 나서는 순간 그는 자유를 되찾기 시작했다. 그동안 이 대문 안에 살았던 존재는 자유인이 아니었다. 말 한마디의 무게가 남달랐고 일거수일투족이 무거웠다. 눈물은 물론 기사였고 웃음도 가십이었다.

〔…〕

봉하는 쉬운 걸음으로 갈 수 있는 곳이 아니었다. 청와대가 문턱이 높은 곳이었다면 봉하는 갈 길이 먼 곳이었다.

〔…〕

봉하의 들은 어머니처럼 포근했고 봉화산은 아버지처럼 듬직했다. 쩌들지 않은 맑은 공기에 그의 숨통이 트이고 있었다.

《기록》(책담, 2014)에서 뽑아낸 대구법의 사례들이다.
우리는 일상적으로 대구를 접한다.

인생은 짧고 예술은 길다.
호랑이는 죽어서 가죽을 남기고 사람은 죽어서 이름을 남긴다.
너는 죽어 꽃이 되고 나는 죽어 나비 되어

거의 모든 글에서 대구법이 활용된다.
대구는 극명한 대비를 통해 메시지를 효율적으로 전달한다.
대구법에 익숙해질 필요가 있다.
특별한 노하우가 있는 것은 아니다.
의식적으로 자꾸 활용하려는 생각을 해야 한다.
시를 쓴다는 생각으로 도전해 보자.

하늘은 높고 바다는 넓다.

가장 초보적이면서 간단한 대구일 것이다.
조금씩 발전시켜 나가자.

너는 잘났고 나는 못났다.
섬은 바다 사이를 헤엄쳤고 바다는 섬 사이로 흘러갔다.

한걸음 더 나아가, 의미가 담긴 대구를 만들어 보자.

여당은 지금이 좋고 야당은 지금이 싫다.

밋밋한 느낌이 들면 여기서 조금 더 발전시켜 보자.

여당은 현실에 살고 야당은 미래에 산다.

정치 이야기라서 식상할 수도 있겠다.
남녀 간 사랑 이야기로 해 보자.

남녀가 이별했다. 남자는 과거를 후회했고, 여자는 미래를 걱정했다.

이별에 대한 각자의 다른 입장을 대구로 표현했다.
이런 것도 있을 수 있다.

그는 독방에 갇혔다. 공간은 한없이 작아졌고, 시간은 끝없이 많아졌다.

익숙해지면 눈에 보이는 풍광을 묘사할 때도 대구를 활용한다.

구름이 태양을 가렸고 안개가 산맥을 가렸다.

반대의 개념으로 이루어지는 대구까지 활용하면 그것으로 충분하다.

글쓰기는 괴로움이지만 글 읽기는 즐거움이다.

지금 당장 10개씩만 만들어 보자.

21

대화체를 적극 활용하라
쓰기도 편하고 읽기에도 좋다

두 달 전쯤의 일. 관저의 서재에서 보고를 받고 있던 대통령을 여사
님이 거실에서 급히 찾았다.

"여보, 빨리 나오세요. 정연이 전화 연결되었답니다."

미국에 나가 있는 딸과 통화를 할 일이 있는 것으로 생각하고 자리를
나오려는 순간, 수화기를 든 여사님 옆으로 다가선 대통령의 느닷없
는 한마디가 걸음을 멈추게 했다.

"자, 시작할까요?"

호흡을 가다듬는 모습이 예사롭지 않았다. 그저 평범한 안부전화가 아
니라는 예감이 퍼뜩 들었다. 아니나 다를까, 수화기를 앞에 들고 나란
히 선 내외는 대통령의 '하나, 둘, 셋' 구령과 함께 합창을 시작했다.

"생일 축하합니다. 생일 축하합니다. 사랑하는….."

딸의 생일날, 대통령으로서의 무거운 짐을 잠시 내려놓은, 평범한 아버지의 따뜻한 부정父情이 대통령의 거실에 은은히 감돌았다.

노무현 대통령 재임 중 경향신문에 기고했던 글의 도입부다.
중간에 대화의 내용을 그대로 옮긴 대목이 자주 등장한다.
만일 대화를 지문으로 옮겨서 표현했다면 어떠했을까?
독자들은 아마 글의 도입부터 상당히 지루함을 느꼈을 것이다.
연설문이 아니라면 '대화'를 군데군데 넣을 필요가 있다.
'대화'는 지문보다 오히려 쓰기 편하다.
읽는 사람의 입장에서도 생생함이 살아 있어 좋다.

글을 쓰던 중 마땅히 이어갈 말이 떠오르지 않아
애꿎은 담배만 피우거나 방안을 맴돈 경험이 누구에게나 있을 것이다.
아무리 봐도 진부한 설명이 지루하게 이어진다고 생각될 때
발상을 바꿔 대화를 생생하게 묘사해 볼 필요가 있다.
스토리텔링은 말할 것도 없고
수필이나 감상문, 여행기에도 대화를 적극 활용해야 한다.
까다로운 시작은 아예 대화체의 문장으로 시작할 수도 있다.

"어, 저건 꿩이잖아? 꿩이 이곳에 다 오네."
반가운 손님이 찾아오기라도 한 듯, 대통령은 자리에서 훌쩍 일어나

마당이 보이는 창문 앞으로 바싹 다가섰다. 탄핵안이 가결되고 나서 2주일이 지난 3월 25일 오후, 관저 응접실에서의 일이었다.

"저것 보게! 진짜 꿩이야. 어떻게 여기까지 꿩이 왔을까?"

물끄러미 꿩을 바라보던 대통령은 불현듯 생각이 난 듯 관저 부속실로 통하는 인터폰을 눌렀다.

"마당에 꿩이 왔어. 다시 찾아올 수 있도록 먹거리를 만들어 놓아두면 좋겠는데."

색다른 날짐승의 출현이 담담하기만 하던 대통령의 표정을 일순간에 바꾸어놓았다. 그 표정 속에는 유폐 아닌 유폐, 연금 아닌 연금으로 갇혀버린 대통령의 안타까운 봄날이 고스란히 녹아 있었다.[*]

---

[*] 윤태영, 《기록》(책담, 2014), 135쪽.

22

예화의 활용,
조심스럽고 적절하게 해야 한다

노무현 대통령은 재임 시절,
이야기를 할 때마다 예화를 자주 들었다.
임기 중반 무렵에는 한동안 고창녕 설화를 자주 이야기하곤 했다.
이른바 '창녕 독장수' 이야기였다.
자신이 처한 정치적 상황을 이 예화를 통해 설명하려고 한 것이었다.
다음과 같은 이야기였다.

방향과 관련해서 이야기를 한다면 소용돌이에 말린 것이 아닐까? 북
서풍을 바라는 사람들과 남동풍을 바라는 사람들 사이에 말린 것이
다. 창영 독장수의 독이 깨진 이유와 같은 것이 아니겠는가?

이 이야기는 조선 후기의 인물로 명판결을 잘 내렸다는 고창녕에 대한 설화로, 그 대표적인 것이 독장수 이야기였다. 독장수가 독을 기대어 놓고 있는데 회오리바람이 불어서 깨지자, 살길이 막연해진 독장수는 고창녕을 찾아가 독 값을 받을 수 있게 해 달라고 했고, 이에 고창녕은 뱃사공들을 불러서 그들이 각자 뱃길에 유익한 바람(일부는 남동풍, 일부분 북서풍)이 불도록 기도한 탓에 회오리바람이 생긴 것이므로 물어주라고 판결했다는 것이었다. 그러자 사공들은 돛이 바람을 몰고 온 것이라 항변을 했고 고창녕이 그러면 돛을 80리 귀양보내라고 하자, 사공들은 그렇게 하느니 독 값을 물어주는 게 싼 편이라 그렇게 했다는 내용이었다.

고사성어나 명언, 예화는 글의 양념이다.
글의 맛, 말하자면 설득력을 높이기 위한 것이다.
엄밀하게 따지면 없어도 좋은 것이다.
그런 만큼 신중하고 조심스러워야 한다.
예화를 잘못 쓰면 논리가 헝클어진다.
반대파들로부터 역공을 받을 수도 있다.
지나치게 많은 예화 역시 글을 산만하게 만든다.
꼭 필요한 만큼만, 최소한으로 그쳐야 한다.
각각의 경우를 살펴보자.

먼저, 모두 다 아는 고사성어나 명언의 경우.

현실의 상황을 명확하게 규정하여

독자들의 이해를 구하려고 할 때 사용한다.

누구나 다 아는 문구인 만큼

이해를 쉽게 한다는 측면이 있긴 하다.

하지만 누구나 쉽게 생각할 수 있는 비유라면

차라리 활용하지 않는 게 훨씬 낫다.

글을 쓰는 사람이라면 차별화된 지점을 보여 줘야 한다.

둘째, 사람들에게 익숙하지 않은 고사나 예화의 경우.

적극적으로 활용할 필요가 있다.

사람들은 어느 정도의 지식욕을 다 가지고 있다.

다른 사람의 글을 통해서 무언가를 얻으려 한다.

이런 유형의 예화는 지식욕을 채워 주기에 충분하다.

다만 글 전체의 분량에 비추어 적절해야 한다.

분량이 너무 많아 주객이 전도되면 안 된다.

셋째, 마땅한 명언이나 예화가 떠오르지 않을 경우.

집착하지 말고 자신의 생생한 경험을 대체하는 게 좋다.

독자에게 실감을 전해 줄 수 있는 이야기가 오히려

더 큰 설득력을 가져다줄 수도 있다.

그 밖에도 예화를 활용하는 방법은 수도 없이 많다.

노무현 대통령은 임기초반에 '사면구가四面舊歌'라는 표현을 자주 썼다.

고사성어 '사면초가四面楚歌'를 나름대로 변형한 것이었다.

새로운 변화를 모색하려는데 모든 방면에서 낡은 세력에 포위되어

있다는 뜻이었다.

고사성어든 명언이든

자신의 처지에 맞게 재창작하여 활용하는 것도 하나의 방법이다.

23

창조적 모방,
주저할 필요도 부끄러워할 필요도 없다

'유행어'라는 게 있다.

TV 개그프로그램에서 인기를 얻으면

유행처럼 인구에 회자되는 말이다.

광고에도 활용되고, SNS에서도 활용된다.

전달력이 확실하기 때문이다.

패러디의 전성시대다.

태양 아래 새로운 것은 없다.

다른 사람이 창작한 것이라 해서

활용하지 못할 이유는 하나도 없다.

머뭇거리거나 주저할 필요가 없다.

글의 설득력을 높이기 위해 적극적으로 활용해야 한다.

누구나 독창적이고 설득력 있는 비유와 표현을 만들고 싶어 한다.
쉽지 않지만 도전해 볼 필요가 있다.
창조적 모방으로부터 시작해도 좋다.
우선 자신이 묘사하고자 하는 상황이나 시대에
어울리는 문구가 없는지 두루 살펴보자.
유명한 시인의 작품도 좋고 고전소설도 좋다.
읽는 과정에 체크해 두고 독서카드로 남겨 두면 더 좋다.
원문이 의도했던 바와 상관없이 활용해도 무방하다.
예를 들면 이런 식이다.

'5월도 잔인한 달.'
'주여, 때가 왔습니다. 겨울은 매서웠습니다.'

다만 이 표현의 출전이 무엇인지를
독자들이 분명하게 알 수 있도록 해야 한다.
말하자면 패러디 또는 창조적 모방임을 알려야 한다.
원문을 그대로 인용하는 경우에도 반드시
출전을 명시해 놓을 필요가 있다.

창작은 모방에서 시작된다.

모방을 거듭하다 보면, 자신의 것이 만들어진다.

여러 가지 모방을 하나로 모으면

그것부터가 새로운 창조가 된다.

행여 누군가 당신의 창조적 모방을 비웃기라도 하면

정정당당하게 대답하고 항의하라.

"너나 잘하세요!"라고….

24

글이 산만하면
'첫째, 둘째'를 활용하여 단락을 지으라

글을 부지런히 써 놓고 나서 한번 읽어 보면

스스로 보기에도 두서가 없어 보이는 경우가 있다.

내용은 뒤죽박죽 정리가 안 되어 있고

맥락도 흐름도 뚜렷하지 않다.

사람들이 과연 이 글을 이해할 수 있을지 염려가 될 정도다.

그럴 경우에는 산만한 대목을 일목요연하게 묶어 줄 필요가 있다.

'첫째, 둘째, 셋째…'를 활용하는 것이다.

반드시 그래야 한다고 권하는 것은 아니다.

이 방법을 활용하면 글이 딱딱해 보일 위험은 있다.

그럼에도 깔끔하게 정리될 필요가 있을 때 유용하다.

이렇게 정리하는 과정에서 군더더기는 자연스럽게 사라지게 된다.

읽는 사람의 입장에서 이해하기가 훨씬 편리해진다.

정치권에서는 대체로 기자회견문이나 시정연설 같은 데 자주 활용된다.

사례를 한번 보자.

2003년 6월, 노무현 대통령의 일간지 기고문 가운데 일부이다.

이를 반영하듯 우리나라 국채가 아시아 국가 중 가장 낮은 금리로 해외에 팔렸습니다. 중요한 국제신용평가기관들도 한국경제에 대해 중장기적으로 안정적이라는 전망을 내놓고 있습니다. 국내 증시에 외국 투자자금도 꾸준히 늘고 있습니다.

이제 서민경제 회생에 주력하겠습니다.

첫째, 주택-아파트 등 부동산 가격 안정은 기필코 이뤄내겠습니다. 서민들의 꿈과 희망을 일순에 앗아가는 부동산 가격의 폭등은 서민경제를 위해 반드시 잡아야 합니다. 적어도 제가 집권하는 동안 부동산 투기로 떼돈을 벌 수 없다는 것만은 분명하게 보여 드리겠습니다.

둘째, 추가경정예산을 청년실업해소, 서민주택건설 지원, 전략적 SOC투자에 집중 투입해 일자리 창출 등 서민보호에 적극 나서겠습니다. 그러나 결코 단기적인 경기부양만을 위한 경기대책을 사용하지 않겠습니다. 단기 경기부양은 결국 물가상승 등 서민경제를 악화시키는 부메랑이 됨을 잘 알고 있습니다.

셋째, 국내외 투자를 막는 행정편의적이거나 실효성이 상실된 규제의 개혁에 과감히 나서겠습니다. 투자야말로 물가를 자극하지 않으면서 경기를 진작시키고, 중장기 경제를 튼튼하게 하는 가장 유용한 수단입니다. 대기업들이 26조원의 투자계획을 발표했습니다. 해외투자자들도 한국시장에 새로운 관심을 높이고 있습니다. 투자를 가로막는 실효성 없는 규제에 대해선 전반적인 재검토를 하겠습니다.

넷째, 자본시장 활성화의 걸림돌이 되고 있는 투신문제도 연내에 근본적인 해결책을 찾도록 하겠습니다. 투신문제의 해소야말로 증시활성화에 새로운 동력을 제공하리라는 인식을 하고 있습니다.

다섯째, 정책과 제도의 실패로 양산된 신용카드 연체자에 대해서도 합리적이고 효율적인 대책을 모색하겠습니다. 수백만 신용카드 연체자들을 신용불량자로 방치해서는 신용사회를 이룰 수 없습니다. 경제정책과 사회정책 차원의 접근이 모색되어야 할 것입니다.

글을 자세히 읽어 보자.

첫째부터 다섯째로 분류된 내용들은 딱딱한 경제용어들로 가득하다.

정신을 바싹 차리고 읽어야 각 단락이 이야기하는 바가 명확히 이해된다.

이처럼 딱딱한 용어들로 쉽게 이해하기 어려운 내용들이 이어질 때면 '첫째, 둘째, 셋째…'의 활용이 효과를 발휘한다.

다만 이 방법이 한 편의 글에서 두세 차례 되풀이되면 곤란하다.

두세 쪽의 글에서는 한 번으로 그치는 게 좋다.

자꾸 사용되면 오히려 피로감을 줄 우려가 있다.

산만한 글을 '첫째, 둘째…'를 활용하여 정리하니 매우 깔끔해지는 경우가 있다.

때로는 다시 '첫째, 둘째…'를 빼도 무방할 정도로 정리가 되기도 한다.

그럴 경우에는 다시 과감하게 '첫째, 둘째…'를 생략하자.

'첫째, 둘째…'는 호흡을 멈추게 하고 과도한 긴장을 유발시키는 부작용이 있다.

그런 만큼 서정적인 글에서는 가급적 활용하지 말자.

25

General specialist보다는
Special generalist가 되어 보자

봉하의 들은 어머니처럼 포근했고 봉화산은 아버지처럼 듬직했다. 찌들지 않은 맑은 공기에 그의 숨통이 트이고 있었다. 너른 벌판 때문에 시야는 커지고 눈은 맑아졌다. 일찍 일어난 농부가 모판을 옮겨 놓는 논에서는 황새들이 날아올랐다. 새들은 멀리 날아가지 않고 근처의 논에 다시 내려앉더니 물속에서 벌레들을 찾았다. 봉하의 논이 그들의 집인 양, 새들은 지형에도 익숙했고 행동에도 거침이 없었다. 서식하는 권역이 어디까지 이르는 것인지는 알 수 없었다. 멀리 낙동강 하구로부터 오는 것일 수도 있었고, 가까운 화포천의 습지에서 오는 것일 수도 있었다.*

---

* 윤태영, 《기록》, 220쪽.

스토리텔링을 위한 글의 일부이다.

귀향한 노무현 대통령이 접하는 봉하마을의 풍광을 묘사한 글이다.

단순한 기록문보다는 서정성을 담은 글을 지향했다.

어쩌면 소설 같기도 하고 어쩌면 수필 같기도 하다.

독자의 감성적 접근을 유도하기 위한 묘사였다.

글을 쓰는 사람으로 살다 보면

다양한 사람들로부터 여러 가지 요청을 받게 된다.

짧은 인사말을 정리해 달라는 요청도 있고

자서전을 써 달라는 부탁도 있다.

"저는 그런 글은 못 씁니다."

이렇게 대답하기는 쉽지 않다.

글을 잘 안 쓰는 사람들의 입장에서 보면 '글'은 하나일 뿐이다.

글을 쓰는 사람의 입장에서 보면 '글'의 종류는 수없이 많다.

글을 쓰기 시작하는 입장에서 자신의 분야를 부러 좁힐 필요는 없다.

모든 영역의 글쓰기에 도전해 볼 필요가 있다.

수필, 논문, 칼럼, 보도자료, 여행기는 물론

소설이나 시와 같은 문학적 영역에도 도전해 보자.

나아가 대통령 기자회견문이나 담화문도 써 보자.

특정 분야의 글만 쓰는 General specialist를 지향하기보다는

모든 방면의 글을 두루 쓰는 Special generalist를 지향할 필요가
있다.

이를 위해 권하고 싶은 것이 소설 쓰기다.

유명한 작가를 지향하지 않아도 좋다.

습작이라도 한두 편을 써 보면, 실력 향상에 큰 도움이 된다.

그런 맥락에서 한 가지 더 권할 것이 있다.

'소설 읽기'이다.

"소설책은 돈 주고 사기 아까워."

사람들이 흔히 하는 말이다.

글을 잘 쓰고 싶은 사람이라면 이런 선입관을 버려야 한다.

나는 '글쓰기'의 많은 부분을 소설에서 배웠다.

소설이야말로 글쓰기의 훌륭한 교재다

풍부한 낱말과 비유가 있고, 세상의 이치도 담겨 있다.

자세히 뜯어 보면 글을 잘 쓰는 테크닉도 있다.

글쓰기 관련 서적 다섯 권을 읽는 것보다

잘 쓰인 소설 한 편을 꼼꼼하게 뜯어 보며 읽어 보는 게 좋다.

26

영화 대사, 광고 카피에
우리가 찾는 정답이 있다

3년 전 병원 중환자실에 3주일간 입원했다가 퇴원한 일이 있었다.

그동안에는 TV를 제대로 볼 수 없었다.

퇴원하고 집에 돌아와 TV를 켜니 세상이 바뀌어 있었다.

요즘 우리나라 TV광고는 초스피드로 바뀐다.

며칠간 광고를 지켜보는 낙에 빠졌다.

TV광고를 싫어하는 사람들이 더러 있다.

나는 반대다.

광고처럼 재미있는 게 없다.

빠른 전개와 압축된 카피.

요즘은 광고가 연속극이나 스포츠보다 더 재밌을 때가 많다.

영상과 카피가 압축되어 TV광고를 낳는다.

CF는 짧은 시간에 강렬한 메시지를 전달한다.

눈여겨볼 필요가 있다.

지켜보고 있으면 배울 게 많기 때문이다.

카피나 영상이 누구를 상대로 무엇을 소구하는지 하나하나 따져 본다.

광고가 끝나면 자신의 머리에 강하게 남는 장면과 문구가 무엇인지도 생각해 본다.

거기서 한걸음 더 나아가 '나라면…'이라는 가정을 해 본다.

비슷한 콘셉트로 카피를 만들어 보는 것이다.

길어도 좋고 짧아도 좋다. 밋밋해도 좋다.

해당 제품을 홍보하는 카피를 한번 써 보자.

카피를 쓰면 글쓰기에 많은 발전이 생긴다.

우선 사람들의 강점을 홍보할 수 있다.

단점을 보완하는 카피도 만들 수 있다.

자신을 상품으로 놓고 생각하면

훌륭한 자기소개서가 완성되기도 한다.

자신의 강점을 짧은 단어로 압축적으로 설명하게 된다.

카피는 무엇보다 구체적일 필요가 있다.

열심히 일한 당신, 떠나라.

보편적이면서도 구체적인 카피를 지향해야 한다.
'저녁이 있는 삶'도 그러한 사례에 해당될 것이다.

엄마는 4년 동안 참았습니다.

추상적이고 모호하기보다는 구체적인 카피가 소구력을 갖는다.
'부산의 미래', '대구의 큰 인물', '호남의 기둥'
이래서는 큰 소구력을 갖기 어렵다.
좀 더 구체적으로 만들 필요가 있다.

부산의 차세대 주자
대구에서 대통령이 나온다
30년 광주를 지켜 온 기둥

다만 한 가지 조심할 게 있다.
자칫 말장난 같은 카피가 되지 않도록 조심해야 한다.
구체적인 내용들을 진지하게 담아야 한다.

27

꼬리가 길면 밟힌다
길면 전달력이 떨어진다

국회의원회관에서 보좌관으로 일하던 시절.

전당대회를 앞두고 일반 광고를 만드는 전문가를 만나 홍보물 제작

을 논의하게 되었다.

그들은 나를 만나 저녁 내내 인터뷰를 한 끝에

메인 슬로건을 뽑아내었다.

"정치세탁"이라는 네 글자의 카피였다.

좋다는 느낌은 있었지만, 파괴력이 있다고는 생각하지 않았다.

며칠 후 전문가들은 가제본된 홍보물을 갖고 왔다.

표지가 눈에 확 들어왔다.

아무런 사진이나 그림도 없이 한가운데 작은 글자로

"정치세탁", 네 글자가 쓰여 있었다.

나머지 공간은 전부 여백이었다.

네 글자가 주는 파괴력의 힘이 있었다.

글자가 크고 굵어야 카피가 힘을 갖는 게 아님을 깨달았다.

그것은 여백의 힘이었다.

꼬리가 길면 밟히는 법이다.

이야기가 많으면 전달력이 떨어진다.

어떤 사람이든 독자의 집중력에는 한계가 있다.

많은 내용을 이야기한다고 해서 그것이 전부 독자에 의해 받아들여

지는 것은 아니다.

독자의 용량에는 한계가 있다.

10개를 전달하려다 한 개도 전달하지 못하는 어리석음을 범하면 안

된다.

글이 길어지면 어쩔 수 없이 중언부언이 많아진다.

했던 이야기가 다시 등장한다.

초점이 산만해진다.

명확한 메시지가 기억나지 않는다.

모두 다 전달해야 할 메시지라면

시기를 나누어서 전달할 필요가 있다.

SNS를 활용할 때에도 마찬가지다.

짧은 글로 여러 차례로 나누어서 전달할 필요가 있다.

어지간한 충성도가 아니면 호흡이 긴 글을

끝까지 정독해 줄 독자는 많지 않다.

마우스 휠을 천천히 한 번 돌리는 사이에 읽을 수 있는 글을 지향하자.

시간이 없다.

짧은 시간에 승부를 내자.

28

한 문장, 또는 한 줄에서
같은 단어를 반복하지 말자

1) 한번 회의를 하면 짧게는 3시간, 길게는 6시간 정도 걸리는 콘텐
   츠 생산 및 문안 작성 회의가 계속되었다.

2) 대통령이 흐름을 잡고 구술해 나가면, 실무자들이 흐름에 이의를
   제기하거나 표현을 가다듬는 방식이었다.

3) 몇 차례 회의를 거치는 과정에서 최초의 내용들은 거의 모두 다른
   내용으로 바뀌었다.

4) 파병안의 처리가 미루어진 것도 중요한 요인의 하나였다.

5) 그리고 최종 마무리 과정에서도 몇 가지 문제는 시간 문제 때문에
   포기되어야 했다.

6) 대통령은 아쉬움을 표했다.

참여정부 초기에 내가 쓴 글 국정일기 가운데 한 편이다.

지금 와서 보면 고쳐야 할 대목이 많아 보인다.

그때는 왜 이렇게 썼을까?

시간이 흐르면 글을 보는 안목도 달라지는가 보다. 어쨌든….

가장 거슬리는 것은 한 문장 안에서 같은 낱말이 반복된다는 점이다.

첫 번째 문장을 보자.

"회의를 하면, …회의가 계속되었다."

좋지 않은 문장이다. 뒤쪽 '회의'를 빼는 게 정답이라는 생각이다.

"문안 작성이 계속되었다"로 끝내는 것이다.

세 번째 문장도 마찬가지다.

"내용들은 거의 모두 다른 내용으로 바뀌었다."

1)의 문장보다 더 좋지 않은 사례다.

여기서도 '다른 내용으로'를 삭제하는 게 좋겠다는 생각이다.

굳이 문장을 살린다면 뒤의 '내용'을 비슷한 의미의 '콘텐츠'로 바꾸는 게 어떨까?

다섯 번째 문장도 문제다.

"몇 가지 문제는 시간 문제 때문에 포기되어야 했다."

최악의 문장이다.

뉘앙스가 다르면서도 같은 낱말이 잇달아 등장하고 있다.

여기서도 뒤의 '문제'를 생략하는 게 좋겠다.

한 문장, 한 줄에서 같은 단어를 불가피하게 써야 할 때가 있을 수 있다.

최대한 쓰지 않도록 노력하자.

과감히 생략해 보자.

정 어쩔 수 없다면 다른 유사한 단어를 찾아보자.

절대 금기라는 생각으로 글을 쓰자.

29

일기가 아니어도 좋다
'1일1문'의 원칙을 갖자

모든 성취는 훈련과 노력의 결과물이다.

물론 재능을 타고난 사람도 있을 것이다.

그건 일부에 불과하다.

글의 경우는 특히 그렇다.

반복해서 노력하고 치열하게 훈련하면 성과가 있는 분야가 글쓰기
이다.

글쓰기 선배들은 일기를 강조한다.

일기가 글 잘 쓰는 밑바탕이 되었다고 이야기한다.

물론 쓰면 좋지만 그게 쉽지 않다.

자신의 감상을 글로 표현하는 데 익숙하지 않은 사람이 꽤 많다.

쑥스럽기도 하고 부질없는 일로 보이기도 한다.

일기쓰기가 내키지 않으면 이런 것은 어떨까?

하루 중 가장 인상에 남는 장면을 기억해 묘사하는 것이다.

한 줄도 좋고 세 줄도 좋다.

지하철에서 술에 취해 인사불성이 되어 곯아떨어진 사람을 보았다면

그 사람의 모습을 몇 줄로 묘사해 보자.

얼굴 생김새, 차림, 잠든 모습을 표현하는 것이다.

가능하다면 주변 사람들의 반응도 함께 곁들여 묘사한다.

전달하려는 메시지가 없어도 좋다.

단순히 그 장면을 구체적으로 묘사하는 글을 만드는 것이다.

최대한 사실적으로 전달하는 것이다.

글을 읽는 사람이 그 현장을 최대한 비슷하게 떠올릴 수 있도록

최선을 다하는 것이다.

그렇게 하루에 한 문단을 쓴다는 생각으로 축적해 나가자.

그것을 모아 두면 엄청난 자료가 된다.

모인 장면이 1백 건이 될 무렵,

자신의 묘사능력이 한 차원 달라져 있음을 발견하게 될 것이다.

관찰력 또한 남다르게 변화되어 있을 것이다.

30

영문법 세대,
영어식 구문에서 탈출하자

영문법이 영어교육의 대세이던 시절에 중고등학교를 다닌 탓에
회화보다는 문법에 강하다.
우리 세대들의 특징은 영어식 구문에도 익숙하다는 것이다.
그것이 영어식 표현인지 한국식 표현인지도 불분명하여
일상생활에서도 그런 표현을 쓰는 경우가 적지 않다.
몇 가지 예를 들어 보자.

그는 그 업무를 하기에 충분한 능력을 가지고 있다.

영어 'enough to…'의 해석이다.
또 다른 사례도 있다.

그는 너무나 까다로워 그 업무를 하기에 적절치 않다.

역시 영어 'too…to…' 용법이 떠오르는 구문이다.

그뿐만이 아니다.

그 문제의 중요성은 아무리 강조해도 지나침이 없다.

아주 많이 쓰이는 표현이다.

'cannot…too' 용법이다.

영어 문장을 한국어로 번역하는 과정에서 생긴 표현들이다.

이런 표현들이 이제는 한국어 문장을 점령하고 있는 것이다.

조심할 필요가 있다.

그 밖에도 몇 가지 사례가 더 있다.

세종대왕은 내가 최고로 존경하는 위인 중의 한 분이다.

그냥 "가장 존경하는 분이다"가 정답이다.

'위인 중의 한 분'은 'one of the most'의 영향이다.

관계대명사 제한적 용법의 덫에 걸려

상당히 복잡한 포유문을 만들어내는 사람들도 있다.

또 영어에서는 주어가 가장 먼저 등장한다.

이를 해석하는 과정에서 주어를 앞에 등장시키는 습관도 생겼다.

꼭 그럴 필요는 없다.

영어처럼 주어가 문장의 앞에 등장하다 보니,

서술어와의 대응이 어려워지는 경우도 적지 않다.

영어식 구문에서 탈출하자.

일본식 구문의 흔적도 꽤 있다.

일본말에서는 이중부정이 자주 등장한다.

그 탓인지 모르지만, 이중부정을 좋아하는 사람도 있다.

물론 강조법의 하나이지만

지나치게 자주 사용하는 것은 좋지 않다.

가능하면 최소화하자.

31

화장을 짙게 하지 말자
수식은 짧은 게 좋다

어느 정도 글쓰기에 익숙해지면

수식어가 많이 붙게 된다.

일단은 수식어가 글의 느낌을 좌우하게 된다는 생각 때문이다.

실제로 그런 측면도 있다.

그러다 보니 단순히 명사의 상태나 모습을 설명하는 관형어들을

넘어서, 기다란 관형절이 명사 앞에 등장하는 경우가 많아진다.

다음의 사례를 보자.

역시 국정일기의 일부분이다.

한번 회의를 하면 짧게는 3시간, 길게는 6시간 정도 걸리는 콘텐츠

생산 및 문안 작성 회의가 계속되었다. 대통령이 흐름을 잡고 구술해나가면, 실무자들이 이의를 제기하거나 표현을 가다듬는 방식이었다.

여기서 "콘텐츠 생산 및 문안 작성 회의"를 수식하고 있는 말은 무엇일까?
그 앞의 문장 전체가 관형절로 수식어가 되고 있다.

한번 회의를 하면 짧게는 3시간, 길게는 6시간 정도 걸리는…

수식어가 이처럼 두 호흡 이상 가는 것은 좋지 않다.
수식어의 길이를 줄이든지, 아니면 문장을 끊어야 한다.

먼저 문장을 끊는 방법이다.

회의가 계속되었다. 짧게는 3시간, 길게는 6시간 걸리는 회의였다.
회의에서는 콘텐츠를 생산하고 문안을 작성했다.

수식하는 관형절을 서술어로 바꾸는 방법이다.

콘텐츠 생산 및 문안 작성 회의는 한번 열리면 짧게는 3시간, 길게는

6시간 정도 걸렸다. 이런 회의가 계속되었다.

수식어가 길게 늘어지면 좋지 않다.
어떤 것은 관형어로 놓아 두고, 어떤 것은 서술어로 전환시켜야
한다.

다음과 같이 '가을'을 표현하는 관형어(절)들이 있다고 가정하자.
이 수식어들을 가지고 문장을 만들어 보자.

'여느 해보다 더 을씨년스러운'
'여러 가지 사건으로 심란한'
'벌판이 코스모스로 물든'
'오랜 친구들과 소주 한 잔 하고픈'
'그러나 쉽게 떠나보내기는 어려운'
'내가 가장 좋아하는 계절인'

다음과 같이 바꾸는 것도 가능하겠다.

코스모스가 벌판을 물들이는 가을은 내가 가장 좋아하는 계절이다.
여러 가지 사건으로 심란한 이번 가을, 오랜 친구들과 만나 소주 한
잔 하고 싶어진다. 여느 해보다 더 을씨년스런 가을이지만 그래도 쉽

게 떠나보내기는 어려울 듯싶다.

당신의 선택은?

32

긴 문장,
글의 성격에 따라 활용할 필요가 있다

그의 언어감각에는 남다른 데가 있다. 화려한 수식어는 없다. 하지만 사람의 마음을 움직이는 힘이 있다. 우선 대중적인 언어이다. 서민적 표현들이다. 사투리도 등장한다. 사촌이라 할 만한 토속어도 등장한다. 기가 막힌 비유들도 있다. 말을 만들어내는 재주도 있다. 이야기에는 고저가 있고 장단이 있다. 시쳇말로 듣는 사람들을 들었다 놨다 한다. 속담도 있고 경구도 있다. 그것이 원래 있던 말인지, 스스로 만들어낸 말인지 헷갈릴 때도 있다. 그 많은 표현과 문구들을 어떻게 기억하고 있는지 궁금해진다. 그것이 어떻게 적절한 타이밍에 튀어나오는지 정말 알 수 없다.*

---

* 윤태영, 《기록》, 30-31쪽.

짧은 문장으로만 구성된 문단이다.

한숨에 읽게 된다.

그 대신 호흡은 가빠진다.

다음 문장을 보자.

대통령은 언제나 자신의 입장이 있었다. 그것을 분명하고 솔직하게 이야기했다. 기약 없이 미루거나 유야무야하는 일이 없었다. 중요한 국정운영의 기조에서부터 사소한 일정에 이르기까지 대통령은 모든 질문에 대답과 지침을 주었다. 대통령의 애매한 입장 때문에 참모들이 곤혹스럽거나 곤욕을 치러야 할 일은 최소한 없었다. 그는 답을 주는 정치인이었다.[*]

한 줄을 넘어가는 문장이 두어 군데 있다.

읽는 동안 약간의 여유가 생긴다.

짧은 호흡의 문장이 연속되는 글과,

긴 호흡의 문장이 섞인 글은 분위기가 다르다.

결국 글의 내용에 따라 조절을 하는 게 좋다.

독자에게 긴장감을 주어야 하는 글은 단문으로 가는 게 좋다.

상대적으로 차분함과 진지함을 유지해야 한다면 호흡이 긴 문장을

---

[*] 윤태영, 《기록》, 47쪽.

적절하게 섞는다.

긴장감을 주어야 할 문장을 과도하게 늘어지게 쓰면

독자는 읽다가 맥이 빠져 버릴 것이다.

반대로 차분해야 할 글을 짧은 호흡으로만 이어가도 문제다.

연설도 마찬가지다.

차분한 톤도 있고 선동적으로 해야 할 경우도 있다.

긴장감을 주면서 하나의 결론으로 몰고 갈 때에는 짧은 문장의 연속

으로 간다.

한번 써 보자.

이것이 자유입니까?

이것이 민주주의입니까?

이대로는 안 됩니다.

더 이상 참을 수 없습니다.

저 사람들을 보십시오.

우리는 일어서야 합니다.

싸워야 합니다.

싸워야 우리를 지킬 수 있습니다.

33

초고와 완성본은
완전히 다른 작품일 수도 있다

의원 보좌관 시절, 많은 연설문을 작성했다.

중요한 계기의 연설들도 많이 써 보았다.

그중에는 국회대표연설이나 기자회견문도 있었다.

2002년 제16대 대통령선거 당시에는

후보수락연설, 후보방송연설 등을 소화하기도 했다.

그런 종류의 연설은 마감이 분명히 있다.

마감 때까지 피 말리는 수정이 거듭된다.

말하자면 독회讀會가 계속된다.

연설이 있기 직전까지 수정이 되곤 한다.

선거와 마찬가지다.

그 이상은 고치고 싶어도 고칠 수가 없다.

대통령선거전이 치러지는 동안에는 후보가 너무 분주하다.

주변 참모들 역시 득표활동에 바쁘다.

상대적으로 연설 원고를 검토할 시간이 부족하다.

쉽게 원고가 통과되는 경우가 많다.

선거가 아닌 평상시에는 그렇지 않다.

당사자도 검토할 시간이 충분하고

많은 참모들도 한마디씩 조언을 하게 된다.

독회는 한 번으로 끝나지 않고 두세 번 거듭된다.

독회에서 제기된 의견을 받아들여 수정을 하다 보면

어느 사이엔가 처음의 초고와는 완전히 다른 작품이 탄생한다.

나의 경우도 그런 일이 적지 않았다.

자신이 작성한 최초의 글이 없어진다 해도

슬퍼하거나 노여워할 일은 아니다.

그 글은 그 글대로 나름의 역할을 다한 것이다.

독회에서 조언하는 사람들의 대부분은,

사실 백지에 직접 쓰라고 하면 못하는 경우가 많다.

초고가 자신들 앞에 놓여 있기 때문에

옳고 그름도 따지고 대안도 제시할 수 있는 것이다.

초고는 그런 용도라고 생각하면 된다.

초고가 없으면 완성본도 이 세상에 태어나지 못한다.

34

최대한 맞춤법을 지키라
글의 신뢰를 위한 노력이다

맞춤법! 참으로 곤혹스런 문제다.

나도 이 부분에 자신이 없다.

한때는 짧게나마 출판사 주간을 한 적이 있었다.

그런 만큼 맞춤법에 자신감을 갖기도 했다.

최근 TV 퀴즈프로그램에서 몇 가지 맞춤법 문제를 풀어 보았는데,

10개 중 서너 개도 채 못 맞추는 실력임을 확인했다.

한글프로그램으로 원고를 쓰다 보면

빨간 줄이 그어지는 낱말이 수도 없이 많이 나온다.

그제야 '틀렸나 보다' 하는 생각으로

낱말과 문법을 검색하곤 한다.

띄어쓰기는 더욱 곤혹스러운 대목이다.

글을 쓰기도 쉽지 않은데 맞춤법까지 완벽하게 구사하기는 더욱 힘들다.

그렇다고 완전히 무시할 수는 없는 것이 맞춤법이다.

최소한 한글프로그램에서 빨간 줄이 그어지는 낱말이나 문법만큼은 확인하는 습관을 들일 필요가 있다.

시간이 들더라도 한번 확인하고 넘어가는 게 좋다.

맞춤법을 정확히 해야 하는 이유는 국어사랑에 있다.

그것을 뛰어넘는 더 큰 이유도 있다.

자신이 쓴 글의 신뢰를 높이기 위한 것이다.

만일 대통령이 국민에게 쓴 편지에 맞춤법이 틀린 대목이 섞여 있다면 읽는 사람의 입장에서는 어떤 생각을 하게 될까?

내용에 대한 신뢰가 일정 정도 깎일 수밖에 없을 것이다.

맞춤법!

글의 신뢰를 높이기 위한 투자이다.

35

감정이입을 해야
진정한 고스트라이터

"이건 자네 글이지, 내 글이 아닐세."

민주당 상임고문 노무현은 A4용지 두 장으로 출력된 원고를 덮었다. 첫 대목의 서너 줄만 읽었을 뿐이었다. 그는 고개를 가로저었다. 잠시 탁자 위를 응시하던 노무현 고문이 나를 책망했다.

"이런 원고를 쓰려면 사전에 나에게 물어 봤어야지. 다시 쓰게."

지시를 마친 그는 자리에서 일어났다. 다음 일정이 촉박한 탓이었다. 난감해진 것은 나였다. 대통령 경선후보 캠프에 들어오고 난 후 첫 작품이었다. 외부에서의 기고 요청이 많았는데, 마감이 임박한 두 건

을 우선 처리하려고 초고를 쓴 것이었다. 10여 년 이상 정치권에서
익숙하게 해 온 일이었다. 기고 요청이 들어오면 으레 공보비서가 아
이디어를 구상해서 초안을 잡은 다음 보고하는 것이 상례였다. 어떻
게 쓰라고 지침을 주는 정치인은 드물었다. 오히려 물어 보는 것이
도리가 아니라는 생각이 들 정도였다. 그렇게 작성된 원고는 대부분
무리 없이 통과되고 결재되었다. 그만큼 자신도 있었다. 그 자신감이
노무현 캠프의 첫 작업에서부터 의외의 복병을 만난 것이었다.*

자신의 글이 아닌 다른 사람의 글을 써야 하는 사람이 있다.
고스트라이터ghostwriter이다. 일명 '대필작가'라고도 한다.
비서나 참모의 신분으로
자신이 모시고 있는 사람의 원고를 작성하는 일과는 차이가 있다.
다른 사람의 글을 쓴다는 개념으로 보면 같이 묶을 수도 있겠다.
참모가 글을 쓰면 여러 가지로 유리하다.
같은 공간에서 호흡하면서 매일 대화하기 때문이다.
상관의 생각과 주장에 익숙하기 때문에 더욱 잘 쓸 수 있다.
정치권에서는 단순히 글을 잘 쓴다는 이유로 외부에 원고를 맡기는
경우가 많다.
대부분 결과가 좋지 않다.

---

* 윤태영,《기록》, 43-44쪽.

어떤 한 사람의 생각과 밑바탕을 이루는 철학을

하루 이틀 사이에 파악하는 일은 결코 쉽지 않다.

게다가 자주 쓰는 용어와 꺼리는 표현도 알 수 없다.

그런 내용들을 다 파악하려면 시간이 너무 걸린다.

외부인에게 중요한 연설을 맡기는 것은 가급적 피해야 할 일이다.

홍보물도 마찬가지이다.

전문가가 잘 쓸 것 같지만 후보나 인물에 대해서는 아는 바가 너무 적다.

아는 사람이 쓰는 게 최고다.

물론 당사자가 쓰고 전문가가 다듬으면 더욱 좋다.

그렇다면 참모가 윗사람의 글을 잘 쓰는 방법은 무엇일까?

무엇보다 그 사람으로 빙의가 되어야 한다.

즉 감정이입이다.

자신의 생각을 최대한 버리고

철저하게 윗사람의 입장에서 세상을 보아야 한다.

그런 토대 위에서

그 사람만이 할 수 있는 이야기와 표현들을 찾아야 한다.

상대 후보나 인물도 할 수 있는 말은 하나마나한 이야기이다.

글의 모든 내용을 그 사람이 살아온 길,

그리고 철학과 일치시켜야 한다.

36

부족한 관찰력,
인터넷 검색으로 보완하라

어릴 때부터 물건 찾는 데는 젬병이었다.

유난스레 물건을 잘 잃어버리기도 했지만

찾는 일은 더더욱 못했다.

관찰력이 빵점이었던 셈이다.

관찰력은 글을 잘 쓰게 해주는 바탕이 된다.

보고 들은 게 많아야 쓸 게 많은 법이다.

머릿속 생각만으로 글을 처음부터 끝까지 써 내려가는 것은 쉽지 않은 일이다.

그렇게 쓰인 글은 재미도 없을 가능성이 높다.

어떤 주제에 대해 글을 쓰라고 하면

"쓸 게 없다"며 막막해하는 사람들이 있다.

머릿속으로만 생각하기 때문일 수도 있다.

보고 들은 게 많고, 여기저기 메모해 둔 기록이 많으면

그 어떤 주제를 놓고도 쓸 거리가 많아진다.

역시 관찰력이 관건이다.

타고난 관찰력은 신이 내린 선물이다.

한번 흘끗 본 것만으로도 인상을 기억하는 사람들이 있다.

나는 아무리 노력해도 안 된다.

수첩을 들고 열심히 메모하지만 놓치는 대목이 꼭 있다.

다행히 시대는 잘 타고났다.

부족한 관찰력이 단점인 시대는 지났기 때문이다.

이제는 기억해야 할 장면과 마주치면 휴대폰 카메라를 들이댄다.

무조건 찍어 놓으면 된다.

글을 쓰기 전에도 단어는 물론 옛날의 사건까지 꼼꼼하게 검색해

본다.

대한민국 구석구석의 풍광도 불러낼 수 있다.

직접 찾아가지 않아도 속속들이 알 수 있다.

검색만 잘해도 부족한 관찰력이 커버되는 세상이다.

초연결시대hyper-connected society라고 한다.

IQ보다는 CQ가 중시되는 세상이다.

외우는 능력보다는 호기심curiosity을 가진 사람이

승자가 되는 세상이 열리고 있다.

넘치는 호기심으로 세상을 검색하자.

37

쉼표는 없다고 생각하자
쉬지 말고 뛰자

내가 좋아하는 아름다운 그녀!

문법적으로는 좋지 않은 문장이다.
'좋아하는' 다음에 쉼표(,)가 찍혀야 한다.

내가 좋아하는, 아름다운 그녀!

그래야 '좋아하는'의 대상이 '그녀'임이 분명해진다.
다른 사례를 보자.

내가 좋아하는 생머리의 그녀!

쉼표의 중요성이 더욱 두드러진다.

'좋아하는' 대상이 쉼표가 없으면 '생머리',

쉼표가 있으면 '그녀'가 된다.

다만 쉼표는 그다지 권장할 만한 문장부호가 아니다.

한 호흡으로 읽을 수 있는 문장이 좋다.

내가 좋아하는, 생머리의 그녀

내가 좋아하는, 아름다운 그녀

모두 중간에 탁탁 걸리는 느낌이 있다.

'…하는'과 같은 표현이 잇달아 등장하는 것은

가급적 경계해야 할 문장이다.

내가 기대했던, 멋진, 좋은 문장은 안 만들어지고, 아리송한, 애매한
표현들이 되풀이되었다.

이런 문장이 있다면 이렇게 바꿔 보자.

나는 멋지고 좋은 문장을 기대했다. 실패했다. 표현들이 애매하고 아
리송했다.

쉼표는 사용하지 않는다는 생각으로 글을 쓰자.

38

가까이 하기에 너무 먼
주어와 서술어?

그가 사는 이유는 세상에 술이 있기 때문이다.

그다지 권할 만한 문장은 아니다.

'…이유는…때문이다'는 '역전앞'과 같은 중복표현이다.

주어와 서술어가 서로 호응하지도 않는다.

아래의 문장처럼 같은 단어의 반복도 좋지 않다.

그 술은 그에게 사는 보람과 기쁨을 가져다주는 술이다.

한 문장에서 같은 단어가 되풀이되는 것은 가급적 피해야 한다.

이러한 잘못을 줄이려면 서술어를 주어 근처에 놓을 필요가 있다.

주어와 서술어가 너무 멀리 떨어져 있다 보면
쓰는 사람은 물론 읽는 사람도 혼란스러울 때가 있다.

나는 그가 술이 떨어지자 울먹이는 것을 보며 가슴이 아팠다.

이 문장을 다음과 같이 바꾸어 보자.

술이 떨어졌다. 그가 울먹였다. 나는 가슴이 아팠다.

다음 문장을 보자.

서늘한 한기가 오랜만에 갑옷을 벗은 몸에 느껴졌다.

이 문장보다는 다음 문장이 나을 듯싶다.

오랜만에 갑옷을 벗은 몸에 서늘한 한기가 느껴졌다.

소설《칼의 노래》에 나오는 문장이다.
계속해서《칼의 노래》의 문장들을 보면서
주어와 서술어가 얼마나 가까운 곳에 위치해 있는지 확인해 보자.

난전은 계속 중이었다. 싸움의 뒤쪽 아득한 바다 위에서 노을에 어둠이 스미고 있었다. 적선을 태우는 불길이 바다 곳곳에서 일었다. 등판으로 배의 흔들림이 느껴졌다. 격군들은 관음포를 향해 저어가고 있었다. 싸움터를 빠져나가 먼바다로 달아나는 적선 몇 척이 선창 너머로 보였다. 밀물이 썰물로 바뀌는 와류 속에서 적병들의 시체가 소용돌이쳤다. 부서진 적선의 파편들이 뱃전에 부딪혔다. 나는 심한 졸음을 느꼈다.

물론 주어와 서술어의 위치는 개인의 취향이다.
남들이 왈가왈부할 일은 아니다.
의미를 쉽게 전달하고자 한다면 한번 고려해 볼 만하다.

39

번역의 품질은
외국어 실력보다 국어 실력이다

번역 작품의 수준은 외국어 실력이 50퍼센트,
국어 실력이 50퍼센트를 결정한다고 한다.
실제로 번역을 하면 의외로 국어 실력이 향상된다.
일본어보다 영어 번역이 특히 그렇다.
영어는 어순이 우리와 다르기 때문이다.
우선 주어와 서술어를 호응시키는 훈련이 된다.
다양한 낱말을 적절한 곳에 배치하는 연습도 된다.
관계대명사의 제한적 용법 같은 덫에 얽매여
복잡한 포유문을 만들어내지만 않으면 된다.
다음과 같은 문장이 있다.

I know a boy who can solve the problem which is very difficult.

제한적 용법의 의미에 충실하게 이 문장을 번역하면 다음과 같이 된다.

나는 매우 어려운 그 문제를 풀 수 있는 소년을 알고 있다.

말하자면 직역이다. 썩 좋은 문장이 아니다.
원문을 머릿속에서 지운 다음,
직역된 결과를 다시 읽기 쉬운 문장으로 바꾼다.

매우 어려운 문제다. 그걸 풀 소년을 내가 알고 있다.

이 과정에서 자연스럽게 문장을 끊어내는 훈련이 된다.

또 하나, 번역을 하면 어휘가 풍부해진다.
사전적 의미의 낱말들로는 읽기 쉬운 번역문을 만들기 어렵다.
'어떻게 하면 의미를 정확히 전달하면서 읽기 쉬운 문장을 만들까?'
이 문제를 고민하다 보면,
자연스럽게 어휘를 풍부하게 사용하게 된다.
동의어는 물론 '비슷한 말'까지도 다양하게 체득하게 된다.

때로는 단어 하나하나의 뜻에 얽매이지 않고

전체 문장의 의미를 전달하는 표현을 찾는 데 집중하기도 한다.

번역의 내공이 쌓이면 훌륭한 작가의 길이 열리게 된다.

40

디테일은 최소한의 기본을 보장한다
자신만의 사실을 만들자

"평화 시장 앞에서 줄지어 선 가로등 중에서 동쪽으로부터 여덟 번째 등은 불이 켜져 있지 않습니다."

"그리고 화신백화점 육층의 창들 중에는 세 개에서만 불빛이 나오고 있습니다."

"서대문 버스 정류장에는 사람이 서른두 명 있는데 그중 여자가 열일곱 명이고 어린애는 다섯 명, 젊은이는 스물한 명, 노인이 여섯 명입니다."[…]

"단성사 옆 골목의 첫 번째 쓰레기통에는 초콜릿 포장지가 두 장 있습니다."

"지난 십사일 저녁 아홉시 현재입니다."[…]

"을지로 3가에 있는 간판 없는 술집에는 미자라는 이름을 가진 색시가 다섯 명 있는데, 그 집에 들어온 순서대로 큰 미자, 둘째 미자, 셋째 미자, 넷째 미자, 막내 미자라고들 합니다."

김승옥의 소설 〈서울 1964년 겨울〉을 중학생 때 읽었는데, '나'와 '안'의 대화 가운데 신선한 충격으로 다가왔던 대목이다.
구체적인 묘사는 사람을 사로잡는 매력이 있다.
특히 정확한 숫자는 신뢰의 원천이 된다.

'1월 1일, 일출은 7시 37분이었다. 나는 25분 전에 일어나 해변으로 차를 몰았다.'
'이 정책으로 혜택을 받게 될 계층은 모두 전국에서 247만 5,700명으로 예상됩니다.'

다시 소설로 돌아가자. '나(김형)'와 '안'의 이야기가 계속된다.

"그렇지만 그건 다른 사람들도 알고 있겠군요. 그 술집에 들어가 본 사람은 꼭 김형 하나뿐이 아닐 테니까요."
"아 참, 그렇군요. 난 미처 그걸 생각하지 못했는데, 난 그중에서 큰 미자와 하루저녁 같이 잤는데 그 여자는 다음날 아침 일수로 물건을 파는 여가가 왔을 때 내게 빤쯔 하나를 사 주었습니다. 그런데 그 여자가 저금통으로 사용하고 있는 한 되들이 빈 술병에는 돈이 백십 원들어 있었습니다."

"그건 얘기가 됩니다. 그 사실은 완전히 김형의 소유입니다."

디테일은 최소한의 기본을 보장한다. 자신만의 사실을 만들자.

41

글쓰기, 은근히 체력전이다
지구력을 키우자

일본의 소설가 무라카미 하루키는 마라톤을 한다고 한다.

지구력 때문이라는 이야기를 들었다.

글을 쓰는 선천적 재능도 중요하지만

책을 한 권 정도 쓰려면 지구력이 필요하다.

소설가라면 더더욱 그럴 것이다.

일주일에 한 번, 또는 열흘에 한 번 쓴 원고들을 모아

책을 펴내는 경우와는 조금 다르다.

하나의 흐름을 가진 책 한 권을 완성하려면

무엇보다 지구력이 전제되어야 한다.

글쓰기의 천재적 재능을 타고난 덕분에

단 며칠 만에 책 한 권을 완성했다는 사람들을 가끔 접한다.

그런 경지가 되려고 무리할 일은 아니다.

끈질기게 글을 이어가는 노력이 무엇보다 중요하다.

한 편의 소설을 쓴다고 생각해 보자.

적어도 대여섯 명의 인물이 등장하게 된다.

조연급이나 엑스트라도 십여 명이 넘는다.

이들의 말과 행동을 작가가 이끌고 가야 한다.

작가는 글을 쓰는 동안

여러 사람의 인생을 대신 살아가는 셈이다.

그러면서 각자의 개성을 묘사해야 한다.

결코 쉬운 일이 아니다.

누가 어떤 성격인지 헷갈리는 일도 있고

앞에서 어떤 말을 했었는지 잊어버릴 수도 있다.

그 모든 것을 기억하면서 지치지 않고 써 나가야 한다.

체력, 특히 지치지 않는 지구력이 중요하다.

일부러라도 호흡을 길게 가져갈 필요가 있다.

책 한 권 정도 분량의 글에 도전한다면

오히려 서두르지 말고 호흡을 길게 가져가자.

초반에 너무 스피드를 냈다가 일찍 지칠 수도 있다.

42.195킬로미터를 뛴다는 생각으로 가자.

초고를 완성하면
수정을 하기 전에 여유를 갖자

글을 쓴다는 것은 산고의 과정이다.

쓰는 내내 스트레스가 지배한다.

그런 만큼 끝이 보이기 시작하면

서둘러 빨리 끝내고 싶어진다.

하지만 마무리 단계일수록 더욱 천천히 갈 필요가 있다.

특히 일단 초고가 완성되면

약간의 여유를 두고 최종 수정작업을 하는 게 좋다.

잠시 자신의 글로부터 멀어지는 시간을 갖는 것이다.

조금 더 객관적이 되자는 취지이다.

두세 쪽의 짧은 글이라면 하룻밤 정도면 충분하다.

200자 원고지로 100매를 넘기는 원고라면 적어도 이삼 일,

500매 이상으로 책 한 권 분량이 된다면 1주일 정도까지,

잠시 원고를 덮어 놓을 필요가 있다.

물론 마감까지 시간적 여유가 있을 때의 이야기이다.

아무래도 글을 쓰는 동안에는 누구나 그 속에 몰입한다.

글의 세계에 깊이 빠져 있는 것이다.

때로는 한두 가지 표현에 집착하기도 한다.

말하자면 숲보다 나무를 보고 있는 것이다.

숲 전체를 보는 시각을 회복하려면 약간의 시간이 필요하다.

초고를 쓰자마자 곧바로 수정작업을 시작하면

여전히 나무만 보일 수 있다.

우리들의 감각은 금세 거시적으로 바뀌지 않는다.

어느 정도의 시간을 가진 후에

전체의 구조부터 보자.

낱말이나 표현은 그다음의 일이다.

주제는 잘 반영되어 있는가?

문단의 연결에 어색함이 없는가?

주장하는 바는 명확하게 부각되어 있는가?

사례로 든 예화나 수치들은 사실과 부합하는가?

두루 점검을 마친 다음,

구체적인 수정작업을 시작하자.

43

비슷한 말, 반대말을 익히자
글이 맛깔스러워진다

풍부한 어휘는 역시 글쓰기의 핵심이다.

잘 쓰는 사람의 글을 보면 그 점을 더욱 확실하게 깨닫게 된다.

토속어를 자유자재로 구사하는 작가들이 있다.

다양한 낱말과 표현들이 활용된 글은 읽는 맛도 있다.

적어도 그런 수준의 작가가 되려는 사람이라면

어휘를 풍부하게 하는 연습을 해야 한다.

당연한 이야기이지만 무엇보다 책을 많이 봐야 한다.

사상서, 철학서, 인문서, 칼럼, 그리고 소설에 이르기까지 두루 읽을

필요가 있다.

그래야 많은 어휘들이 자기 것이 된다.

수준급 작가를 지향하지 않고

자신의 생각을 충분히 전달하는 것 자체가 목적이라면,

어휘에 지나치게 얽매일 필요는 없다.

흔히 사용하는 낱말들로도 의사전달이 충분히 가능하다.

다만 글에 약간의 감칠맛을 주고 싶다면,

사용하는 단어의 폭을 조금 더 넓히는 게 좋다.

같은 뜻을 지닌 비슷한 낱말을 알아 두면 도움이 된다.

반대되는 낱말도 학습하고 기억해 두도록 하자.

그러면 같은 단어의 반복 때문에 생기는 따분함을 줄일 수 있다.

또 반대말을 활용한 대구법으로 맛깔스런 글을 쓸 수 있다.

역시 글을 많이 읽는 수밖에 없다.

달리 왕도가 없다.

맛깔스런 글의 전형, 유홍준 교수의 글을 잠깐 살펴보자.

마을에서 10분쯤 더 산길을 오르면, 산등성을 널쩍하게 깎아 만든 제법 평평한 밭이 보이는데, 그 밭 한가운데 까무잡잡하고 아담하게 생긴 삼층석탑이 결코 외롭지 않게 오뚝하니 솟아 있다. 산길은 설악산 어드메로 길길이 뻗어 올라 석탑이 기대고 있는 등의 두께는 헤아릴 길 없이 두껍고 든든하다. 석탑 앞에 서서 올라온 길을 내려다보면 계곡은 가파르게 흘러내리고 산자락 아랫도리가 끝나는 자리에서는 맑고 맑은 동해바다가 위로 치솟아 저 높은 곳에서 수평선을 그으며 밝은 빛을 반사하고 있다. 모든 수평선은 보는 사람보다 위쪽에 위치하고, 모든 수평선은 빛을 반사한다는 원칙이 여기서도 적용된다. 까만 석탑은 거기에 세워진 지 1,000년이 넘도록 그 동해바다를 비껴보고 있는 것이다.*

* 유홍준, 《나의 문화유산답사기 1》(창비, 2011)

44

핵심은 본론이다
주장하는 바를 명확히 하자

해마다 세모가 되면 TV방송마다 다양한 시상식이 열린다.

수많은 수상소감들을 듣게 되는데

딱히 머릿속에 남는 것은 별로 없다.

한두 가지 소감만이 강한 인상을 준다.

대부분의 수상소감들은 절반 이상이

"누구누구에게 감사한다"는 내용이다.

그런 이야기들은 일반인들의 머릿속에 강한 인상을 남길 수 없다.

사람들이 잘 모르거나 관심 밖에 있는 이야기이기 때문이다.

더 열심히 하라는 채찍으로 생각합니다.

이런 메시지는 그래도 작은 인상을 남길 것이다.

저는 밥상에 숟가락만 놓았을 뿐입니다.

이런 소감은 오래 기억될 것이다.

글쓰기도 마찬가지이다.

의례적인 이야기는 독자의 머리에 남지 않는다.

모두가 알고 있는 이야기가 그렇다.

자신만 관심을 갖는 이야기도 마찬가지다.

결과적으로 하나마나한 이야기가 되고 만다.

그런 성격의 이야기는 최소한으로 줄여야 한다.

어느 행사에 참석하여 축사를 한다고 하자.

시간은 길어야 5분에서 10분이다.

내외 귀빈의 참석에 감사하고

청중에게도 감사의 인사를 전하다 보면

앞뒤로 1-2분은 순식간에 없어진다.

사람들이 기다리는 것은 본론이다.

쓰는 글이 편지이든, 연설문이든

의례적인 이야기는 최소한으로 줄이자.

가장 빠른 길로 본론에 접근하자.

서론은 짧을수록 좋다.

45

독회 스트레스를 이기자
남에게 보이는 것을 두려워 말자

글쓰기를 시작하는 사람들 가운데,

자신의 글을 남에게 보여 주지 않으려는 경우가 더러 있다.

일기가 아닌 창작물이라면

글의 목적은 자신의 생각을 남에게 전달하려는 데 있다.

당연히 다른 사람의 의견을 들어야 한다.

느낌과 의견을 듣고 자신의 글에 반영해야 한다.

그래야 객관적으로 설득력이 있는 글을 쓸 수 있다.

나의 경우는 정치권에 몸을 담고 있다 보니

수많은 사람들에게 글을 보이는 일이 일상적이었다.

독회를 한 차례 하면 수없이 많은 의견과 지적이 쏟아졌다.

당연히 스트레스였다.

그 스트레스를 이겨내는 과정에서 많은 것을 배울 수 있었다.

자신의 글을 방어하는 입장에 서게 되면

무엇이 부족한가를 스스로 파악하게 된다.

또 자신의 글이 지닌 강점도 자연스럽게 알게 된다.

자신의 글을 가까운 사람들에게 적극적으로 보여 주자.

혹평을 듣더라도 절대로 실망할 필요가 없다.

단순히 지적을 위한 지적을 하는 사람도 많다.

칭찬을 듣더라도 절대로 자만해서는 안 된다.

그냥 인사로 칭찬하는 사람도 한둘이 아니다.

취향이 달라 혹평을 쏟아내는 사람도 있다.

귀 기울여 듣되 절대 자신의 자존심을 꺾지는 말자.

자신의 글을 적극적으로 설명하자.

반론도 펼치고 토론도 하는 것이다.

한두 차례 독회를 거치면

자신감이 배가될 것이다.

가장 가까운 곳에 있는 사람이 당신의 독자이다.

독자에게 당신의 작품을 보이라.

2부

글쓰기 심화를 위한 노트 30

감성이 담긴 글을 쓰자
메시지를 부드럽게 전달하자

그럼 아내를 버리란 말입니까?

2002년 민주당 대통령후보 경선 당시
장인의 좌익 경력 시비에 대해
당시 노무현 후보가 한 말이다.
어려운 상황을 정리하는 한마디가 되었다.
이 말은 논리적인 말일까? 감성적인 말일까?
후보는 매우 논리적으로 던진 말이었지만
청중에게는 '감성' 코드로 받아들여졌다.

시나 수필은 감성으로 충만하다.

쓰는 사람도 읽는 사람도 감정에 몰입된다.

반면 '다큐멘터리'나 '기록'은 건조하고 딱딱한 편이다.

논리성을 추구하는 글은 더욱 그렇다.

꼭 그래야 할 이유는 없다.

글에 서정성과 감성을 담을 필요가 있다.

사람을 설득하고 감동시키는 데는

논리도 필요하고 감성도 필요하다.

글이란 세상과 사람을 묘사하는 것이다.

세상과 사람은 건조한 논리로만 이루어져 있지 않다.

어떤 풍광이나 사건을 묘사할 때에도

가급적 감성을 담으려고 노력할 필요가 있다.

서정성이 담긴 묘사가 독자의 마음을 열게 하기도 한다.

설득력도 높이고 독자의 저변도 넓힐 수 있다.

때로는 부담스런 메시지도 부드럽게 전달할 수 있다.

다음은 글의 서두에 서정성을 담은 사례의 하나다.

2009년 5월 19일. 화요일의 늦은 오후.

사람들로 붐비는 서울역사 안에서도 봄은 떠나고 있었다. 초여름의 길목, 사람들은 저마다의 행선지를 찾아가고 있었다. 부지런한 걸음으로 떠나는 이도 있었고 홀가분한 표정으로 돌아오는 이도 있었다.

봉하에서 돌아온 나도 그중의 하나였다. 네 시간 전 진영읍내에서 봉하 사저의 비서들과 식사를 함께한 나는 곧바로 열차에 몸을 실었다.[*]

---

[*] 〈오마이뉴스〉, "이제 당신을 내려놓습니다". 전문은 부록 234쪽을 보라.

02

시작이 중요하다
첫 문장으로 독자를 긴장시키자

"학생 여러분, 대통령은 나입니다."

7월 16일 오전, 포항 문화예술회관에서 열린 물리올림피아드.

축사를 하던 대통령이 갑자기 뜻밖의 말을 꺼냈다. 터무니없어서 뜻

밖이 아니라 너무나 당연해서 뜻밖인 이야기였다. 사람들의 어리둥

절함에는 아랑곳없이 대통령은 여전히 뜻밖의 이야기를 이어갔다.

"저편에서 영어로 이야기하는 사람은 대통령이 아닙니다."*

대통령의 캐릭터를 묘사하려는 글의 시작이다.

다른 방식으로 시작했다면 어떤 느낌을 주었을까?

---

* 윤태영, 〈국정일기〉, "파격과 변화로 혁신 또 혁신"

예를 들어 다음을 보자.

7월 16일 오전, 포항 문화예술회관에서 열린 물리올림피아드.
축사를 하던 대통령이 갑자기 뜻밖의 말을 꺼냈다.
"학생 여러분, 대통령은 나입니다."

위의 글에 비해 긴장감이 덜하다.
시작이 역시 중요하다.
'어, 이거 무슨 말이지?'
첫 문장만 읽고 글을 덮는 독자가 없도록 해야 한다.
두세 줄까지 읽게 하면 절반의 성공이다.
한 단락을 다 읽게 하면 99퍼센트의 성공이다.
여기까지 오면 글을 읽는 관성도 생기고 가속도도 붙는다.
첫 문장의 역할이다.
공감이 가는 시작도 좋지만 호기심을 불러일으킨다면 더욱 좋다.
글쓰기도 결국은 경쟁의 세계이다.
독자의 시선이 자신의 글에 오래 머물도록 해야 한다.
끊임없이 독자를 긴장시킬 필요가 있다.

'눈물'이란 표현이
독자를 슬프게 만드는 것은 아니다

영화에서 가장 슬픈 장면이 있다.

주인공이 처한 현실이 참담하기 그지없을 만큼 슬픈데,

정작 주인공은 울음을 참고 있는 모습이다.

충분히 일리 있는 분석이다.

통곡해야 마땅한 상황임에도 울지 않는 모습이 더 슬픈 법이다.

글에서도 마찬가지다.

'슬프다', '울고 싶었다', '가슴이 미어졌다'

이런 표현을 동원해야만 독자를 울리는 것은 아니다.

오히려 그 분위기를 차분하게 묘사하는 게 중요하다.

누군가 기뻐하는 장면도 다르지 않다.

단순히 '그는 기뻐했다'라고 하지 말고

분위기를 여러 가지 방식으로 묘사해 보자.

이런 서술은 어떨까?

그는 평소와 달랐다. 눈에 생기가 돌았다. 공연히 히죽히죽 웃기도
했고, 옆의 친구를 그냥 툭툭 건드리며 장난을 쳤다.

주변 분위기만 잘 그려내도
주인공의 슬픔을 어느 정도 묘사할 수 있다.
다음의 글을 보자.
노무현 대통령의 서거 직전, 사저의 분위기를 묘사한 것이다.

4월 중순, 대통령의 사저는 생기를 잃어 가면서 때로는 적막감마저
휘감고 돌았다. 그 안에 선 대통령은 유난히 머리가 희어 보였다. 사
저를 둘러싸고 형형색색들의 꽃들이 피어나 울적한 대통령을 위로하
려 했지만, 대통령의 시야에 드는 것조차 힘겨워 보였다.*

---

* 윤태영, 〈대통령의 외로웠던 봄〉

대통령의 외로웠던 봄[*]

1.

사저 안마당으로 통하는 작은 대문이 입주한 이래 항상 열려있었던 기억을 지워버릴 정도로 굳게 닫혀 있었다. 뒤편 가운데 위치한 대통령의 서재는 유난히 어둡고 침침해졌고, 남과 북으로 면한 통창의 절반 이상까지 황갈색 블라인드가 내려져 있었다. 따스한 온기를 담고 지붕 낮은 집을 찾던 남녘의 햇살은 대문 밖에서 서성이거나 안마당 위의 허공을 맴돌았다. 창문 틈의 그림자까지 잡아채려는 취재진들의 렌즈가 내뿜는 날카로운 시선으로부터 사적인 영역을 보호하려는 최소한의 조치가 만들어낸 사저의 분위기였다.

---

[*] 2009년 5월 28일.

4월 중순, 대통령의 사저는 생기를 잃어 가면서 때로는 적막감마저 휘감고 돌았다. 그 안에 선 대통령은 유난히 머리가 희어 보였다. 사저를 둘러싸고 형형색색들의 꽃들이 피어나 울적한 대통령을 위로하려 했지만, 대통령의 시야에 드는 것조차 힘겨워 보였다. 특유의 농담이 사라진 지는 이미 오래, 이제는 부산 사투리의 억양마저 없어진 듯 나지막하고도 담담한 대통령의 어조가 서재 밑바닥으로 조용히 가라앉고 있었다.

형님 문제가 불거졌을 때부터 대통령은 지인들의 사저 방문을 적극적으로 만류했다. 대통령의 만류에 많은 참모와 지인들이 발길을 돌렸지만, 2009년 새해 첫날에는 그래도 적지 않은 손님들이 사저를 찾았다. 이어지는 설 명절, 대통령의 만류는 더욱 강해졌고 손님의 숫자는 더욱 줄어들 수밖에 없었다. 그 사이 서울로부터 여러 명의 참모들이 내려오는 일이 있으면 대통령은 주말을 이용해 1박 2일로 다녀갈 것을 주문했다. 긴 외로움으로 생겨난 마음속 빈자리를 그렇게 해서라도 채워보고 싶었던 것일까?

그리고 4월, 봄이 되면 재개될 것으로 생각했던 방문객 인사는 고사하고 대통령은 오히려 사저 안으로만 갇힐 수밖에 없었고, 사저를 찾는 손님들의 발길은 더욱 더 뜸해졌다. 5년 전 탄핵의 봄을 연상시키는 일종의 유폐생활에 대통령의 몸과 마음이 피폐해지고 있었다.

홈페이지 '사람 사는 세상'에는 위로와 격려의 댓글이 줄을 이었다. 그러나 대통령은 오히려 마음의 부담만이 커지고 있는 듯했다.

원래 사람을 좋아했고, 사람들과 같이 있는 것을 좋아했던 사람이기에 기약 없이 계속되는 혼자만의 시간이 더욱 길었을 법하다. 재임시절 내내 은밀한 독대는 거부하면서 회의실 의자가 동이 나도록 사람들을 불러 모아 이야기하고 싶어 했던 대통령에게 홀로 앉은 텅 빈 서재는 참으로 낯선 풍경이었을 것이다.

끊임없이 연구하고 고뇌하는 캐릭터, 손에서 일을 놓지 못하는 워크홀릭, 대통령은 시간과의 싸움에서 이기기 위해 '진보주의 연구' 등에 대한 생각을 천착하고 다듬어 나가는 데 집중하고 있었다. 작업은 예상만큼 빨리 진행되지 않았다. 틈틈이 대통령은 "내가 이걸 계속할 수 있겠나?", "이렇게 된 내가 이 이야기를 한다 해서 설득력이 있겠나?"라는 회의를 스스로에게, 때로는 참모들에게 던지곤 했다.

4월초의 어느 날, 대통령을 둘러싼 파란이 시작되기 1주일여 전, 대통령은 구술회의를 마치고 서재를 나서다가 무언가 아쉬움이 남은 듯 출입문 앞에서 갑자기 뒤를 돌아보더니 뜻밖의 이야기를 던졌다.

"내가 글도 안 쓰고 궁리도 안하면 자네들조차도 볼 일이 없어져서 노후가 얼마나 외로워지겠나? 이것도 다 살기 위한 몸부림이다. 이 글이 성공하지 못하면 자네들과도 인연을 접을 수밖에 없다. 이 일이 없으면 나를 찾아올 친구가 누가 있겠는가?"

차마 대답조차 할 수 없는 질문을 남긴 채 서재를 나선 대통령. 그 뒤에서 참모들은 한동안 멍하니 있거나 아니면 뒤돌아서서 소리 없는 눈물을 삼켜야 했다.

2.

길고 고독한 시간들. 그 피폐한 시간들 속에서도 서재 안 대통령의 자리 앞에는 언제나 수북이 책들이 놓여 있었다. 대통령은 끊임없이 책과 자료를 찾았다. 책 한 권을 읽고 나면 그 속에서 다시 두 권의 책을 찾았고, 심지어는 외신에 등장하는 기고들도 찾아 달라고 요청했다.

독서가 대통령의 문제의식을 더욱 치열하게 하고 생각을 더욱 심화시키고 있었다. 한 가지 주제를 이야기하기 시작하면 끝도 없이 그 주제 속으로 파고들어 애초의 줄거리에서 일탈하는 경우도 한 두 번이 아니었다. 예전엔 그다지 흔치 않았던 일이었다. 작은 주제 하나를 이야기하는 데 인용되는 책의 숫자도 기하급수적으로 늘어나고 있었다.

인간의 기원으로부터, 유전자, 국가의 기원과 역할, 지나간 우리 역사에 대한 회고에 이르기까지 대통령이 탐구하는 주제와 소재들은 방대했다. 방대한 넓이만큼이나 그 천착의 깊이도 땅속으로 끝없이 내려가는 큰 나무의 뿌리와도 같았다.

그렇지 않아도 지식의 수준과 양의 측면에서 대통령과의 격차를 느끼던 참모들은 이 시절을 거치면서 그 격차가 더욱 커져 가고 있음을 피부로 느낄 수 있었다. 쉽고 편안한 대중적 언어를 구사하는 대통령이었지만, 이미 그 철학과 사상의 깊이는 쉽게 헤아릴 수 없는 경지에 다다르고 있었다. 책을 향한 깊은 몰두를 보며 오죽하면 고시 공부 할 때 독서대를 개발했을까 하는 생각에 새삼스럽게 미소가 지어지기도 했다.

단순히 혼자만을 위한 지적 호기심 충족은 아니었다. 대통령은 자신을 찾는 사람들에게 읽은 책 가운데 의미가 있다고 생각하는 책들을 강력히 추천했다. 아니, 직접 수십 권을 구입해서 나눠 주곤 했다. 작년에는 폴 크루그만의 《미래를 말하다》, 최근에는 유럽의 사회보장체제를 설명한 《유러피언 드림》. 대통령은 특히 이 책을 최고의 책으로 평가하고 찬사를 보내며 이런 책을 꼭 한번 써 보고 싶다고 말했다. "한국판 유러피언 드림".

말 잘하는 대통령이란 세평에도 불구하고 대통령은 확실히 말보다 글을 선호했다. 독서를 좋아한 이상으로 글을 잘 쓰고 싶어 했다. 글에 대한 욕심이야말로 대통령의 수많은 욕심 가운데 최대의 것이었다. 사람들과 이야기를 나누다 보면 기막힌 카피도 종종 튀어나오고 또 말을 하면서 생각을 정리하는 스타일이었지만, 그래도 대통령은 컴퓨터 앞에 앉아 글로 정리하는 것을 즐겼다.

소박하면서도 서민적인 언어를 구사하다가 수많은 공격을 받아 시달린 경험 탓이었을까? 대통령은 말로서 사람을 설득하기보다는 한 권의 책으로 설득하는 것이 더욱 효율적이고 근본적인 수단이라고 생각했다. 집착 이상의 것이었다. 글을 잘 정리하는 사람을 옆에 앉혀 두고서라도 반드시 이루어야겠다는 집념이었다.

대통령은 홈페이지에 카페를 열고 시스템을 만들어 공동창작을 모색했다. 시스템을 만들고 그 안에서 각종의 문제를 제기하고 댓글을 다는 순간, 대통령은 분명 미래를 꿈꾸며 사는 살아 있는 사람이었다. 공동창작을 위한 시스템이 뼈대를 갖추었던 날, 사저의 모든 비서들이 참으로 오랜만에 대통령의 생기를 느낄 수 있을 정도였으니.

글을 쓰는 것은 그렇지 않아도 약한 허리에 상당한 무리를 주고 있었다. 진퇴양난이었다. 글을 쓰는 것에서 삶의 의미를 찾을수록, 허리를 비롯한 육체의 건강은 악화될 수밖에 없는 상황. 그렇다고 손을 놓자니, 밖으로부터 다가오는 힘겨움과 그 긴 시간들을 무엇으로 극복할 수 있을 것인가? 시간을 이겨 내기 위한 책과 글에 대한 집념이 건강을 갉아먹는 악순환의 늪으로 대통령을 서서히 끌어들이고 있었다.

3.

2004년 9월부터 12월까지 진행된 순방 강행군은 대통령의 건강을 무력화시켰다. 대통령은 극도로 지쳤고 힘들어 하는 기색이 역력했다. 주치의와 진료의는 금연을 강권했다.

돌이켜 보면 대통령의 정치역정은 흡연과의 전쟁이었던 셈. 번번이 대통령은 패배했다. 후보 시절의 금연 패치가 그러했고, 이때의 금연도 마찬가지였다. 대통령은 담배를 피우는 손님이 오면 겉으로 드러내지는 못했지만 내심 반기는 기색이 역력했다. 그렇게 한두 개비씩 조심스럽게 피우던 담배는 2005년 대연정 제안으로 인한 상처가 깊어지면서 이전의 애연가 수준으로 완전히 회귀하고 말았다.

봉하마을로의 귀향. 어쩌면 그것은 대통령이 금연을 할 수 있는 마지막 기회였는지도 모른다. 대통령은 담배를 피우고 싶은 생각이 들 때만 비서로부터 개비로 제공받는 제한적 공급에 동의했다. 이 방식이 얼마나 담배를 줄이는 데 기여했는지는 알 수 없다. 하지만 그나마의 끽연喫煙조차도 작년 말 건강진단 후에는 의료진의 강력한 금연 권고 앞에서 다시 중단될 수밖에 없는 위기에 처했다.

건강은 완벽한 금연을 요구하고 있었지만, 작년 말부터 시작된 상황은 대통령의 손에서 담배가 끊어지는 것을 거의 불가능하게 만들고 있었다. 담배, 어쩌면 그것은 책, 글과 함께 대통령을 지탱해 준 마지막 삼락三樂이었을지도 모르겠다. 마지막 남긴 글에서 말했듯이 책 읽고 글 쓰는 것조차 힘겨워진 상황에서는 대통령이 기댈 수밖에 없는, 유일하지만 허약한 버팀목이 아니었을까? 그러나 담배로는 끝내 태워 날려버릴 수 없었던 힘겨움.

지금이라도 사저의 서재에 들어서면 앞에 놓인 책들을 뒤적이다가 부속실로 통하는 인터폰을 누르며 "담배 한 대 갖다 주게" 하고 말하는 대통령, 잠시 후 배달된 한 개비의 담배를 입에 물고 불을 붙이며 "어서 오게" 하며 밝은 미소를 짓는 대통령. 이제는 다시 볼 수 없는 그 모습이 영결식을 앞두고 다시금 보고 싶어진다. 미치도록….

04

하나의 장면을
한 꼭지의 글로 만드는 연습을 하자

2005년 5월 중순, 노무현 대통령은 러시아와 우즈베키스탄을 순방했다. 우즈베키스탄에는 스탈린 시절에 강제 이주된 고려인의 후손들이 많이 살고 있었다. 그는 그들이 살아온 힘겨운 세월과 고통에 대해 익히 알고 있었다. 그래서 꼭 한번 방문하고 싶었던 곳이 우즈베키스탄이었다. 영빈관의 응접실에서 그는 고려인들을 맞이했다. 통역이 필요했다. 대부분 2세와 3세들이기 때문이었다. 이주 고려인 1세에 해당하는 고령의 할머니가 있었다. 할머니는 그들 1세가 낯선 땅에서 겪어야 했던 고초와 고난의 시간들에 대해 설명했다. 이야기를 듣던 그가 갑자기 손에 든 말씀자료로 눈길을 떨어뜨렸다. 해야할 무슨 말을 찾으려는 듯이 보였지만 그것이 아니었다. 고개를 숙인 채 메모카드를 바라보기만 할 뿐이었다. 시선 둘 곳을 찾지 못하는 대통령. 그는 한참 동안 고개를 숙인 채 할머니의 이야기를 듣기만 했다. 작은 물방울 하나가 떨어져 메모카드를 적시었다. 눈치를 챈 사람은 아무도 없었다. 그는 손수건을 꺼내 얼굴을 닦았다. 그리고 한참 후에야 고개를 들어 할머니를 응시했다. 그의 눈은 안타까움과 연민으로 벌겋게 충혈이 되어 있었다. 인간 노무현의 눈물이었다. *

5분 남짓한 짧은 시간을 묘사한 글이다.
짧지만 이것으로 한 편의 글이 되었다.
중앙아시아 이주 고려인들에 대해
대통령이 가지고 있는 미안함의 감정이 충분히 그려졌다.
하나의 장면을 하나의 글로 만들기 위해서는
앞뒤의 과정과 결과를 충분히 취재할 필요가 있다.
그래야 짧은 시간이 갖는 의미를 풍부하게 전달할 수 있다.
말이나 동작이 아닌 분위기도 세밀하게 묘사하면 더 좋다.
그래야 주인공의 짧은 언행이 부각되고
독자의 시선이 집중될 수 있다.
다음의 사례도 그 가운데 하나이다.

대통령에게 자연보다 더 소중한 존재는 바로 그 속에 사는 사람들입

---

* 윤태영, 《기록》, 86-87쪽.

니다. 그 사람들이 휴가 중인 대통령의 모습과 마주치자 각양각색의 표현으로 반가움을 전했습니다. 일정이 예정된 곳이나, 갑작스레 모습을 보인 길거리에서나 반가움의 반응들은 한결같았습니다. 핸드폰 카메라를 높이 드는 사람, 대통령의 출현 소식을 친구에게 전하러 뛰어가는 사람, 사인 받을 종이와 펜을 찾으러 집으로 들어가는 사람. 어떤 작은 마을에서는 주민 전부가 나와 대통령을 맞았습니다. 무더운 뙤약볕의 강릉 선교장에서도, 굵은 빗줄기가 하염없이 내리는 영월의 청령포에서도, 사람들은 퇴임한 대통령의 친구 같은 출현에 환호와 박수를 보냈습니다. 스스럼없이 대중 앞에 설 수 있는 대통령의 소탈한 당당함, 그리고 이제는 전직 대통령을 거리낌 없이 이웃처럼 대할 수 있는 사람들의 여유가 빚어낸 아름다운 장면들입니다.*

* 윤태영,《봉하일기》(부키, 2012), "대통령의 여름휴가"

05

캐릭터를 당당하게 드러내자
단점도 강점으로 승화된다

특정 인물을 묘사하는 글을 써야 할 때가 있다.

그 특정 인물이 바로 자기 자신인 경우도 있다.

다른 누군가이든 자기 자신이든,

인물을 묘사할 때면 캐릭터를 드러내는 게 중요하다.

다른 사람과 분명한 차별화를 시도해야 한다.

물론 객관적인 묘사가 필요하다.

일방적으로 강점을 과장되게 묘사하기보다는

있는 그대로의 모습을 솔직하고 담담하게 서술하면 좋다.

관찰자나 기록자가 장단점을 가려 전달하지 말고

독자의 몫으로 남겨 두자는 것이다.

사실을 담백하게 전달하는 과정에서

단점이나 약점도 오히려 장점이나 강점으로 바뀔 수 있다.

의도적으로 강점만 전달하려다 보면

거부감을 주거나 역효과를 낼 수 있다.

자기소개서를 쓸 때도 마찬가지다.

자신의 단점을 억지로 숨기려고 할 필요는 없다.

단점이 함께 설명이 되어야

강점이 더 크게 부각되어 보이게 된다.

다음의 사례는 퇴임 이후 노대통령의 휴가 장면을

있는 그대로의 모습으로 묘사해 낸 장면이다.

대통령은 사람들의 무리를 우회하는 일도 없고, 내미는 손길을 거절하는 법도 모릅니다. 그럴수록 경호팀의 긴장은 두 배 이상 늘어나기 마련입니다. 때로는 비서들이 지나치다 싶어 만류하기도 하지만 오히려 대통령이 비서들을 설득합니다. 어린이들에게는 더욱 애정과 관심을 가지고 작은 격려를 아끼지 않습니다.

"구경 잘했어?"(자생식물원에서 어린이 관람객에게)

"그래, 이리 와서 손 한번 잡아 봐라."(청령포에서 대통령 앞에서 수줍어하는 어린이에게)

"나중에 이 사진 보면서 나보고 아빠라고 하지 마라. 하하."(자생식

물원 관람 도중 엄마와 두 어린이만 온 가족과 사진을 찍으며)*

---

* 윤태영, 《봉하일기》, "대통령의 여름휴가"

06

하찮은 것까지도 기록하자
입체적인 글을 만들 수 있다

글을 쓰기 위해 어떤 상황을 기록해야 할 때가 있다.

특별한 장면을 글로 재현하기 위해 취재하는 경우도 있다.

물론 주제를 이루는 큰 흐름을 파악하는 데 충실해야 한다.

핵심이 밀도 있게 서술되어야 제대로 된 글이기 때문이다.

다만 큰 흐름에만 매몰되어서는 안 된다.

주변 정황도 빠짐없이 기록하는 게 좋다.

날씨의 변화는 물론, 먹는 음식과 음료로부터

주인공의 작은 인상과 손동작까지 적어 놓을 필요가 있다.

비오는 날은 특이해서 기록을 해 놓을 수도 있지만

맑은 날은 맑다고 그냥 무시해 버릴 가능성이 높다.

기록하는 순간에는 이 모든 게 하찮아 보일 수도 있다.

'꼭 이런 것까지 기록할 필요가 있을까?'

'이런 게 글 쓰는 데 무슨 소용이 될까?'

의문이 꼬리를 물고 이어지겠지만

나중에는 의외로 중요한 역할을 할 수도 있다.

주변의 작은 소품들이 글을 입체적으로 만들기 때문이다.

나중에 글을 쓸 때를 생각해 보자.

하늘은 파랗고 날은 화창했다. 감색 양복을 차려입은 대통령이 아침 식사를 위해 식당에 들어섰다. 상은 조촐했다. 미역국에 고등어구이 였다. 눈이 부신 듯 그는 오른손을 이마에 올려 얼굴에 그늘을 만들 었다. 식탁에 앉자 총리가 이야기를 꺼냈다.

단순히 "이날 아침 대통령은 총리와 식탁에 마주앉았다"고

서술하는 것보다 훨씬 입체감이 있고 사실적으로 보인다.

다음은 날씨를 기록한 내용을 토대로 쓴 글의 일부이다.

대통령선거가 치러진 이튿날인 12월 20일의 아침, 그의 표정은 담담 했다. 지난밤 약간의 눈이 내렸지만 아침에는 그 대부분이 녹아내렸 다. 청와대 녹지원 근처에는 곧 사라지게 될 참여정부의 흔적처럼 군데 군데 눈이 쌓여 있었다. 예상은 한 것이었지만 생각보다 표차가 컸다.*

---

* 윤태영, 《기록》, 187쪽.

07

기승전결, 완벽하지 않아도 좋다
구성으로 커버하자

발단-전개-위기-절정-결말,

중고등학교 시절 국어 수업시간에 많이 들었던 희곡 구성 원칙이다.

기승전결起承轉結의 원칙도 있다.

결국은 비슷한 이야기다.

꼭 희곡이나 소설이 아니더라도,

한 편의 글을 쓸 때 가급적 이런 원칙을 따르면 좋다.

재미가 배가되고 그만큼 설득력이 높아지기 때문이다.

하지만 모든 글이 이 원칙을 따를 수는 없다.

실용문의 경우는 더욱 그렇다.

창작이나 허구가 아니고 실제의 현실을 묘사할 때면

억지로 기승전결을 만들 필요가 없다.

현실에서는 발단과 전개는 있어도 위기와 절정이 없는 경우가 있다.

기起에서 바로 결結로 갈 수도 있다.

이런 때는 일화가 시작되고 끝맺음되는 일련의 과정을

담담하게 서술하는 게 최선의 방법이다.

억지로 '전개'와 '위기'를 만들고 '절정'에 끼워 맞출 필요는 없다.

그래도 구성은 중요하다.

핵심 메시지, 또는 주요 장면을 어디에 배치하느냐의 문제다.

짧은 글이라면 두괄식도 무방하다.

글이 긴 편이면 가급적 끄트머리에서 핵심을 강조하는 게 좋다.

결론을 미리 읽고 나서 긴 글을 읽어 내리는 독자는 많지 않다.

08

시간 순 서술은 대체로 진부한 느낌을 준다
구성에 변화를 주자

영화 〈박하사탕〉은 첫 장면이 인상적이다.

배우 설경구가 "나 돌아갈래!"라고 외치는 장면이다.

이때부터 이야기는 시간을 거슬러 올라간다.

신선한 구성이 이야기의 흥미를 더해 주었다.

기억상실증 환자의 이야기를 그린 영화 〈메멘토〉도 그렇다.

시간을 거슬러 올라가며 관객의 호기심을 자극한다.

글쓰기의 경우는 어떨까?

사람들은 대체로 시간의 흐름에 따라 이야기를 서술한다.

말 그대로 물 흐르듯 자연스러운 진행이다.

역동적인 이야기일 때는 큰 문제가 없을 것이다.

다만 줄거리에 큰 기복이 없거나

흐름에 긴장감이 떨어질 경우엔 달리 생각할 필요가 있다.

자칫하면 이야기가 생동감을 잃을 수도 있다.

독자들이 지루해하면서 피로감을 느낄 우려가 있다.

원고지 20매가 넘어가는 길이의 글이라면,

현실과 과거의 경계를 오가면서 서술하는 방법도 생각해 보자.

다음의 사례를 한번 살펴보자.

병원은 북새통이었다. 눈물을 쏟으며 모여드는 낯익은 얼굴들. 그들이 나처럼 그분의 떠남을 현실로 받아들이는 데엔 또 얼마나 시간이 필요할까. 그리고 몰려드는 여야 정치인들. 취임 인사조차 없었던 이명박 대통령 비서실장도 왔다. 부둥켜안고 함께 울고 싶은 사람들과, 뒤섞인 의례적인 조문들.

단 몇 분이라도 혼자 있고 싶었다. 누군가 차를 한잔 갖다줬다. 물끄러미 바라보던 찻잔에서 문득 그와의 첫 만남이 떠올랐다. 그를 처음 만나, 차 한 잔 앞에 놓고 얘기를 나누던 바로 그날, 우리는 눈부시게 젊었다.

(첫 만남)

1982년 8월, 사법연수원을 수료하면서 판사를 지망했다. 연수원 성적이 차석이어서, 수료식에서 법무부장관상을 받았다. 사법고시 합격자 수가 많지 않던 때여서, 연수원을 마치면 희망자 전원이 판사나

검사로 임용됐다.

그래서 판사에 임용되지 않을 것이라는 생각은 미처 하지 못했다. 대학 시절 시위 주도 때문에 구속된 전력이 있긴 했다. 그것은 유신반대시위였고, 시대가 바뀌어 이미 유신은 잘못된 것으로 받아들이는 시기였다. 유신반대시위전력이 비난받을 이유는 전혀 없다고 생각했다. 그것이 결격 사유가 돼, 임용이 안 될 것이라는 예상은 하지 않았다.*

---

* 문재인, 《문재인의 운명》(가교, 2011)

09

핵심을 묘사하는 데 집중하자
의미 없는 설명은 과감히 생략하자

근계시하 초추지절謹啓時下 初秋之節에…

수십 년 전 가을 청첩장의 서두에 등장하던 문구다.

어른들의 서신은 언제나 계절인사가 시작을 장식했다.

어른들만 그런 것도 아니었다.

우리 세대도 크게 다르지 않았다.

여러 사람들에게 편지글을 보낼 때면

계절 언급과 안녕을 묻는 인사가 첫머리를 장식했다.

불쑥 본론을 꺼내기 어려우니 동원하는 것이 계절이었다.

굳이 그럴 필요가 없다.

본론으로 매끄럽게 들어가면 된다.

인물화는 당연히 인물이 중심이 된다.

배경이나 주변 소품이 있다면

인물을 돋보이게 하는 장치일 것이다.

그런데 인물화에 사람의 얼굴보다 큰 꽃과 과일이 등장한다면

보는 사람의 시선은 분산될 수밖에 없다.

글쓰기에서도 마찬가지다.

특정 인물을 묘사하기 위한 글이라면

다른 인물들이나 풍광들은 조연이 되어야 한다.

주변 인물이나 풍광들에 대한 묘사는

주인공의 캐릭터를 돋보이게 하기 위한 장치로 활용되어야 한다.

거기에 그쳐야 한다.

그 선을 넘어 주변 묘사에 집착하는 경우가 있다.

초점도 흐려지고 집중도 되지 않는다.

배경과 분위기는 비교적 담담하게 서술한다.

흐름에 방해가 되면 생략하는 것도 무방하다.

꼭 해야 하는 말 같지만, 사실은 불필요하다.

10

만담이 아닌 대화를 살리자
핵심 메시지를 담아 보자

대화체는 적극적으로 활용해야 한다.

살아 있는 언어들이 생동감을 준다.

다만 긴 대사는 곤란하다.

만담처럼 느껴질 뿐 아니라 요점도 잘 전달되지 않는다.

이야기가 길어지면 차라리 지문으로 처리하는 게 좋다.

가끔은 짧은 대사들이 구성된 긴 대화로

핵심 메시지를 전달하려고 시도해 보자.

길게 설명하는 대신 다음의 사례를 소개한다.

노무현 후보는 하나하나의 질문에 조금의 망설임도 없이 또박또박
대답을 했다.

"좋아하시는 영화는요?"

"〈엘시드〉, 〈라이언스 도터〉, 그래, 〈오발탄〉도 재밌었지."

"좋아하시는 연예인은?"

"TV에 나오면 그냥 다 좋던데!"

"즐겨 보는 TV 프로그램은 있나요?"

"뉴스는 직업이 그래서, 그리고 〈도전 1000곡〉!"

멋있고 근엄하게 보이려는 노력은 아예 포기한 것일까? 조금의 망설임도 없이 속에 있는 생각들이 주렁주렁 매달려 나온다.

"아내 외에 다른 여성에게 끌린 적은 몇 번입니까?"

"비밀이다!"

"보신탕을 먹어 본 적 있습니까?"

"물론 있지!"

"정치가가 아니라면 하고 싶은 일은 무엇입니까?"

"로비스트! 건강한 로비 문화를 만들고 싶다."

"겨울엔 내복 입으십니까?"

"안 입고 살았는데 올해는 귀하신 몸이 되어서 입었다."

"외모 중 가장 자신 있는 곳과 못마땅한 곳은 무엇입니까?"

"자신 있는 곳도 없고, 자신 없는 곳도 없다. 다만 머리카락 다듬기가 어렵다."

"대통령이 되면 잃을 것 같은 3가지는?"

"자유, 시간, 돈."

"대통령 의전차량이 외제차인데, 대통령이 되면 국산차로 바꿀 용의는 없습니까?"

"무슨 이유가 있겠지. 있는 것 그냥 쓰지 뭘!"**

---

* 윤태영, 〈너무나 솔직담백한, 그래서 존경스러운…〉

너무나 솔직담백한,
그래서 존경스러운…*

일 년 전쯤의 일로 기억된다. 어떤 잡지사로부터 청탁이 있었다. 노무현 고문의 애창곡과 그 노래를 좋아하게 된 사연을 써 달라는 것이었다. 나름대로 건전한 상식을 가진 참모라면 이 대목에서 몇 가지 고민을 하기 마련. 어떤 노래를 선정하는 것이 대권가도에 울리는 흥겨운 풍악이 될지, 어떤 사연을 엮어야 대권주자다운 면모가 주렁주렁 열리게 될지, 그래서 어떻게 멋들어지게 꾸며야 그 글을 접하게 될 사람들에게 감동의 순간을 선물하게 될지…. 말하자면 이제까지의 애창곡은 없었던 것으로 돌리고 새로운 차원에서 새로운 애창곡과 사연을 만들어내자는 것이다. 나 역시 대선주자 참모로서의 막중

---

* 2002년 노무현 대통령후보 시절에 썼던 칼럼.

한 책임감으로 몇 가지 안을 생각한 다음, 조심스럽게 장관님의 방문을 두드렸다(당시에는 해수부장관에서 퇴임한 후였던 까닭에 '장관님' 호칭이 입에 붙어 있었다).

"장관님, 애창곡에 대한 질문이 들어왔습니다. 좀 고민을 해 봐야 되겠습니다."

이야기를 던진 나는 다음과 같은 장관의 반응을 내심 기대하고 있었다.

"그래? 뭐라고 하지? 자네는 좋은 생각 있나?"

그러면 나는 기다렸다는 듯이 몇 가지 안들을 잘난 척하며 쏟아 놓을 작정이었다. 예를 들면 "어머니"나 "사람이 꽃보다 아름다워" 같은 운동권 취향의 노래, 아니면 "개똥벌레" 같은 서정적인 노래, 그도 저도 아니면 "화개장터"처럼 노무현의 화두이기도 한 국민통합을 상징하는 노래…. 아무튼 그런 노래들 말이다. 그러나 안타깝게도 우리 노무현 장관께서는 나의 그런 기대를 무색케 하는 딴소리를 늘어놓기 시작하셨다.

"애창곡은 '작은 연인들'이지."

"예?"

"왜, 그 권태수, 김세화 그 가수들이 부른 것 말일세."

"예-에, '언제 우리가 만났던가' 하는 그 노래요?"

"맞아, 그 노래!"

"그게 어떤 특별한 의미라도?"

"특별한 의미? 없어. 그냥 좋아서 따라 부르다 보니까!"

"그럼, 그걸로 그냥 할까요?"

"그렇게 하세."

짧막하고도 솔직담백한 답변! 더 이상 무슨 이야기가 필요하랴. 장관님의 설명인즉, 97년 대통령선거 당시 물결유세단 단장으로 순회유세를 하고 다니던 중, 어떤 가수 한 분이 자주 부르던 노래였는데, 그 노래가 좋아서 뒤에 앉아 자꾸 따라 부르다 보니 가사도 다 외우게 되었고 어느새 자신이 즐겨 부르게 되었다는 것. 그것이 어쩌면 재미없는, 그러나 너무나 솔직담백한 사연의 전부였다.

노무현을 두고 흔히들 감동의 정치인이라고 한다. 노무현의 감동! 만일 거기에 나 같은 사람이 쉽게 빠져드는 '작위적인 감동의 함정'이 있었다면, 어쩌면 그것은 정말 일회적인 감동으로 끝나 버리고 말았을 것이다. 노무현의 감동은 누가 뭐래도 특유의 그 솔직함에 있다. 정치인이라면 으레 그럴 것이라고 쉽게 생각했던 순간, 그 낡은 고정관념을 여지없이 깨부수어 버리는 당당함과 솔직함. 그것이 바로 감동이다. "농부가 어떻게 밭을 탓하겠습니까?", "그럼 아내를 버리란 말입니까?" 쉽게 잊힐 수 없는 이 감동의 언어들도 따지고 보면 모두 그의 솔직담백함이 빚어낸, 예기치 않았던 작품들이다.

며칠 전의 일. 어느 스포츠신문이 요청한 서면인터뷰의 답변을 작성하기 위해 노무현 후보를 잠시 취재하는 시간이 있었다. 질문들의 내용으로 보아 이것저것 고민하다 보면 답변에 시간이 적잖이 걸릴 듯 했다. 그러나 그것은 정확히 1년 전에 머물러 있던 나의 낡은 고정관념이 만들어낸 어설픈 선입관일 뿐이었다. 노무현 후보는 하나하나의 질문에 조금의 망설임도 없이 또박또박 대답을 했다.

"좋아하시는 영화는요?"
"〈엘시드〉, 〈라이언스 도터〉, 그래, 〈오발탄〉도 재밌었지."
"좋아하시는 연예인은?"
"TV에 나오면 그냥 다 좋던데!"
"즐겨 보는 TV 프로그램은 있나요?"
"뉴스는 직업이 그래서, 그리고 〈도전 1000곡〉!"

멋있고 근엄하게 보이려는 노력은 아예 포기한 것일까? 조금의 망설임도 없이 속에 있는 생각들이 주렁주렁 매달려 나온다.

"아내 외에 다른 여성에게 끌린 적은 몇 번입니까?"
"비밀이다!"
"보신탕을 먹어 본 적 있습니까?"
"물론 있지!"
"정치가가 아니라면 하고 싶은 일은 무엇입니까?"

"로비스트! 건강한 로비 문화를 만들고 싶다."

"겨울엔 내복 입으십니까?"

"안 입고 살았는데 올해는 귀하신 몸이 되어서 입었다."

"외모 중 가장 자신 있는 곳과 못마땅한 곳은 무엇입니까?"

"자신 있는 곳도 없고, 자신 없는 곳도 없다. 다만 머리카락 다듬기
가 어렵다."

"대통령이 되면 잃을 것 같은 3가지는?"

"자유, 시간, 돈."

"대통령 의전차량이 외제차인데, 대통령이 되면 국산차로 바꿀 용
의는 없습니까?"

"무슨 이유가 있겠지. 있는 것 그냥 쓰지 뭘!"

정말로 계산 좀 해 보고 한번쯤 더 생각해 보면 좋으련만. 그리고
어떻게 대답을 하면 더 많은 표를 끌어올 수 있을지 고민을 좀 하면
좋으련만. 이제는 좀 그렇게 따져 봄직도 한데, 도무지 그럴 조짐이
보이지 않는다. 참, 이분, 어떻게 좋아하고 존경하지 않을 수 있을까!

11

솔직하게 쓴다
의도적 과장은 역효과를 낸다

The pen is mightier than the sword.

오래전《정통종합영어》라는 참고서에서 본 문장이다.

펜은 칼보다 강하다.

모든 펜이 칼보다 강한 것은 아니다.

진실을 쓰는 펜이라야 칼을 이길 수 있다.

글은 말보다 더 큰 힘을 가지고 있다.

말은 듣는 순간이지만 글은 활자가 되어 남는다.

말은 잠깐 든 생각의 표현일 수 있지만

글은 오랜 시간 정리된 생각의 표현이다.

소설이나 영화는 허구이다.

그런 만큼 일부 내용의 과장은 있을 수 있다.

오히려 과장이 있어야 문학이 되고 예술이 된다.

다만 현실의 글쓰기는 그렇지 않다.

있는 그대로의 사실이 가장 큰 힘이 된다.

그래야 메시지가 제대로 전달되고

주장하는 내용도 설득력을 갖게 된다.

칼보다 강한 펜은 결국

일반적인 글이 아니라 사실, 나아가 진실을 가리킨다.

솔직한 글이 최선의 무기이다.

가끔 필자의 감정이 격하게 이입된 글을 접하게 된다.

그래서는 설득력을 가질 수 없다.

독자와 함께 공감하며 가야 한다.

아무리 과장이 허용된 영화라 해도

현실성이 떨어지는 몇몇 장면 때문에

전체의 재미와 긴장이 무너지기도 한다.

가급적 담담함을 유지할 필요가 있다.

작은 한 대목에서라도 진실을 외면하고

의도적인 과장을 한다면

글 전체의 신뢰도가 무너질 수 있다.

12

가급적이면 객관적인
3인칭 관찰자 시점을 유지하자

1990년 무렵에 현역의원이 9명에 불과한 정당에서 일했다.

3당합당 때문에 생겨난 미니정당이었다.

의원수가 적어 쉽게 단합을 할 듯싶었지만 오히려 정반대였다.

모두 내로라할 만큼 이름값을 하는 유명 정치인들이었다.

사안마다 입장이 갈리고 쉽게 결론이 나지 않았다.

그러던 중 어느 의원이 대변인을 맡게 되었다.

그는 당시 주류의 노선에 반대하는 입장에 서 있었다.

사람들은 그가 의도적으로 편향된 브리핑을 할 것으로 우려했다.

예상은 크게 빗나갔다.

대변인으로 임명된 그날부터 그는 언제나,

양쪽의 입장을 객관적으로 기자들에게 설명했다.

반대편 진영의 논리를 기자들이 이해하지 못하면,

오히려 자신이 적극적으로 나서서 쉽게 설명해주었다.

많은 느낌을 주었다.

어쩌면 진정한 대변인이라는 생각이 들었다.

글도 마찬가지일 것이다.

물론 자신의 강한 주장을 담은 글은 예외이다.

반면 인물이나 일화를 묘사하는 글이라면

어느 한쪽에 과도하게 치우친 느낌을 주지 않는 게 좋다.

객관적이고 공정한 묘사가 오히려 신뢰를 얻는다.

시종일관 3인칭 관찰자 시점을 유지할 필요가 있다.

관찰자는 주장이나 의견을 펼치는 사람이 아니다.

핵심 메시지는 인물의 말이나 일화를 통해 전달하면 된다.

{13}

까다로운 마무리,
여운을 남기는 방법도 좋다

자이툰 방문을 마친 대통령 일행은 쿠웨이트 무바라크 공항으로 돌아온 후 기자들의 기사 송고를 위해 한 시간 더 그곳에 머물렀다. 이 행사를 끝으로 그는 라오스와 유럽 3개국 순방 일정을 마무리하고 귀국길에 올랐다. 서울공항에 도착한 것이 12월 9일 새벽 4시 40분. 귀국해 보니 여론이 바뀌어 있었다. 대통령에 대한 칭찬이 여기저기서 쏟아져 나왔다. 보수언론까지도 칭찬 일색이었다. 더불어 대통령에 대한 지지도도 급상승했다. 그를 만나는 사람들은 모두 이구동성으로 '감동'을 이야기했다. 그는 멋쩍은 반응을 보였다.

"나는 그렇게까지 기대를 한 것이 아니었는데…."*

---

* 윤태영, 《기록》, 161쪽.

대통령의 말로 한 편의 글을 마무리했다.

여러 가지 아쉬움과 회한이 섞인 한마디였다.

자이툰 부대 방문으로 지지도가 급격히 상승하자

상념에 젖은 대통령이 했던 말이다.

자이툰 부대를 방문하게 된 과정도 중요하지만,

지지도에 대한 대통령의 시각도 중요하다는 판단으로

이 한마디를 글의 끄트머리에 배치했다.

물론 글의 주된 흐름은 자이툰 부대 방문이다.

지지도에 대한 생각은 부차적인 주제일 수밖에 없다.

그런 만큼 이 문제는 깊이 파고들어갈 이유가 없다.

다만 이런 계기에 고민의 실마리를 던진다는 생각으로

마지막 대목에 여운을 남기듯 소개했다.

이처럼 글의 주된 흐름에서는 벗어나지만,

고민이 필요하거나 생각해 봐야 할 문제를

여운을 남기듯 던지는 것도 좋은 방법이라 생각한다.

다만 생각의 단초를 던지는 데 그치는 게 좋을 듯싶다.

지나치게 단정하는 표현으로 마무리를 한다면

독자에게 생각의 계기를 제공하기보다

오히려 부담감을 줄 수 있다.

그런 점을 감안한다면 마무리 문장은 글쓴이의 지문보다
위와 같은 대화체가 더 적절하다는 판단이다.

14

모든 것을 설명하지 말자
욕심이 글을 지루하게 만든다

옛날 영화도 재밌었지만, 최근의 영화는 더 재밌다.

특히 한국영화의 발전이 눈부시다.

무엇이 달라진 것일까?

우선 투입되는 제작비의 규모가 다르다.

스토리와 구성도 다르고 CG기술도 큰 차이가 있다.

그중에서 내가 주목하는 대목은 영화의 속도감이다.

줄거리의 빠른 전개가 관객을 긴장 속으로 몰아넣는다.

잠시 한눈을 팔다가는 흐름을 놓치고 헤맬 수도 있다.

때론 속도감 있는 전개에서 불친절함을 느끼기도 한다.

관객 스스로 많은 상황을 미루어 짐작해야 하기 때문이다.

영화를 관람하는, 또 다른 맛이 되기도 한다.

글쓰기도 크게 다르지 않을 것이다.

서울을 떠나 부산까지 가는 여정을 글로 쓴다고 하자.

서울을 떠나 과천을 지나고 다시 의왕을 거쳐, 수원….

이런 방식으로 모든 경로를 다 서술하면 어떨까?

독자는 지루함만 느낄 뿐 재미없어할 것이다.

극단적인 사례이지만 그렇다고 무시할 일은 아니다.

독자가 쉽게 알 수 있는 과정은 과감히 생략하자.

서울을 떠난 나그네는 대전에서 하룻밤을 머물렀다.

대구에서 지낸 밤엔 거나하게 취했고 다음날엔 부산에 도착했다.

이 정도로 줄이면 어떨까?

이것조차도 흐름상 큰 의미가 없다면 모두 생략하자.

바로 다음 이야기로 건너뛰는 것이다.

사흘 후 나그네는 부산에서 문제의 친구를 만났다.

젊은 독자들은 더 빠른 전개를 원할 수도 있다.

과감하게 건너뛰며 이야기를 전개하자.

군이 친절해지려고 애쓰지 말자.

친절한 글쓰기는 더 이상 미덕이 아니다.

지루함을 느낀 시청자는 채널을 돌렸다 다시 돌아올 수도 있다.

지루함을 맛본 독자는 덮은 책을 다시 들추지 않는다.

15

이야기를 풀어 가는 한마디를 생각하자
키워드를 만들자

정치권에서는 가끔 '키맨keyman'이란 표현이 사용된다.

어떤 계파나 진영, 또는 선거캠프에 가담하려는 사람이

자신의 생각과 의향을 그쪽에 전달하고자 할 때,

만나서 일을 풀어 가야 할 사람을 뜻했다.

즉, 수장首長을 직접 만나기는 어려운 만큼

책임지고 일의 실마리를 풀어 줄 인물을 의미했다.

결국 진영의 핵심 인물을 지칭하는 것이었다.

글에도 키맨이 있을까?

대부분의 글에서 키맨을 쉽게 찾을 수 있다.

말하자면 핵심단어, 키워드keyword이다.

키워드는 제목도 될 수 있고, 검색어도 될 수 있다.

글 전체를 상징하는 낱말인 셈이다.

키워드는 글을 읽고 분석하는 독자에게 중요한 개념이 된다.

글을 해석하는 실마리인 셈이다.

한편 키워드는 글을 쓰는 사람에게도 큰 역할을 한다.

글을 써내려가다가 막히는 경험은 누구에게나 있다.

그때 키워드가 해결책이 될 수 있다.

키워드를 활용하여 글을 엮어 나가는 것이다.

갑자기 튀는 느낌을 주지 않고 자연스럽게 흐름을 이어갈 수 있다.

다음은 집필 중인 〈참여정부 비망록〉(가제)에서 인용한 것이다.

대연정 제안의 전개과정을 설명하는 글의 초입이다.

'한산도', '충무공', '효시' 등 몇몇 낱말을 언급해 놓았다.

나중에 등장할 여러 가지 상황에서

적절히 활용할 수 있다는 생각으로 배치해 놓은 것이다.

충무사에 참배한 후 그는 바깥으로 나와 임진왜란 당시 충무공의 해
전을 그려 놓은 표지판 앞에 서서 안내인의 설명을 들었다. 그의 표
정은 진지했다. 누군가와의 일전을 준비하고 있는 사람처럼 보였다.
상대는 충무공이 싸워서 이겼던 일본일 수도 있었고 핵 문제로 끝없
이 그를 시달리게 해 온 북한일 수도 있었다. 탄핵을 거치고 집권 3년
차로 접어들었지만 여전히 자신을 대한민국 대통령으로 인정하지 않
으려 하는 야당과 보수언론일 수도 있었다. 그는 제승당 옆에 위치한

국궁 활터로 자리를 옮겼다. 누군가가 대통령에게 활을 쏘아 볼 것을 권했다. 머뭇거리던 대통령이 마음을 정한 듯, 활을 쏘는 법에 대한 설명을 듣고는 커다란 활을 붙잡았다. 깃이 세 개인 화살이었다. 그는 있는 힘을 다해 활시위를 잡아당겼다. 처음 쏘아 보는 것이었지만 그래도 중심을 잃지는 않았다. 화살이 바람을 가르며 날았다. 동시에 휘파람과도 같은 소리가 사방으로 퍼졌다. 싸움의 시작을 알리는 효시였다.

16

메시지를 강요하지 말자
담담한 묘사로도 전달이 가능하다

자신의 주장을 일방적으로 강요하는 글을 가끔 접한다.

주장엔 공감하지만 글의 전개방식이 못마땅하다.

나중에는 주장에 공감하는 것조차 부담스러워진다.

설득은 독자와 공감하는 과정이다.

자신의 주장만 일방적으로 되풀이하면 공감을 얻을 수 없다.

시간이 걸리더라도 차분하게 논리를 전개해야 한다.

수필이나 서정적인 글의 경우도 마찬가지다.

이런 글일수록 오히려 더 조심스럽게 접근할 필요가 있다.

핵심을 정형화된 문구로 만들어 드러내기보다는,

담담하게 인물, 장면, 대화를 묘사하다 보면

의도한 메시지를 자연스럽게 전달할 수 있다.

다음은 노 대통령 재임 중에 쓴 국정일기,
"파격과 변화로 혁신, 또 혁신"에서 인용한 대목이다.
대통령의 이야기를 열거하면서 그의 캐릭터와 생각을 드러내고 있다.

대통령은 오늘도 끊임없이 사고의 전환을 역설한다. 특히 수도권 중심 사고를 벗어나 지방이 스스로 운명을 개척해 나가야 한다는, 사고의 전환을 거듭거듭 이야기하고 있다. 낙후지역 개발 문제를 다룬 15일 국정과제회의에서도, 그다음 날 포항에서 열린 지역혁신협의회 회의에서도 대통령은 참여정부 균형발전 전략의 토대가 되고 있는 혁신의 철학을 진술하게 표현했다.

"자원을 투입할 때에는 성공이 확신되는 쪽에 투자를 집중하겠다."
"기존 사업도 성과가 검증되지 않으면 돈을 쓰지 않는다. 불용액으로 남는 한이 있어도 성과 있는 것에만 지원하겠다."
"이제는 지방이 주도하고 중앙이 지원하는 체계로 간다."
"옛날에는 대통령이 이렇게 내려오면 지시를 내리고 지역사회에 선물을 주었지만, 이제는 지역혁신협의회가 어떻게 토론하고 논의하는가가 더 중요하다."
"가장 중요한 것은 사람과 그 지역 스스로의 노력이다."
"더 이상 수도권을 쳐다보지 말고, 지방발전의 창의적 전략을 제출해 달라."

"창을 열고 크게 바라보자."

이렇듯 대통령은 쉼 없이 파격 또는 새로운 변화에 앞장서고 있다.
며칠 전 한일정상회담 준비상황을 보고받는 자리에서의 일이다. 준
비 팀이 보고하기를 이번 회담은 전 행사가 노타이no tie로 진행된다
고 했다. 대통령은 특유의 애드리브로 다시 한 번 좌중을 웃겼다.

"난 넥타이를 안 매면 인물이 죽는데…."

17

쉽게 쓰자
글은 생각을 다수에게 전달하는 수단이다

글을 쓰는 목적은 무엇인가?

자신의 생각과 일상을 기록하고 정리하려는 목적이 있다.

일기가 대표적인 예이다.

그것뿐만이 아니다.

많은 사람들이 남에게 보이기 위해서 글을 쓴다.

생각을 다른 사람에게 전하려는 것이다.

자신의 주장이나 느낌을 묘사하여

많은 사람들로부터 공감을 얻으려는 것이다.

자기 혼자만을 위한 글이 아니라면 당연히 쉽게 써야 한다.

이해하기 쉽게 써야 좋은 글이다.

독자의 이해를 돕기 위해 여러 가지 기법이 동원된다.

다양한 형태의 문장과 수식어들이 등장한다.

반어법, 대구법, 과장법, 거기에 각종 직유와 은유에 이르기까지.

모두 자신의 감상과 주장에 공감을 얻으려는 노력이다.

가끔 어떤 표현기법은 오히려 이해를 더욱 어렵게 만들기도 한다.

다음의 사례를 보자.

여야는 특별법 문제를 놓고 끝없는 대치 국면에 돌입했다.

북핵 문제를 둘러싸고

각각 '선지원 후포기'와 '선포기 후지원'을 주장하며

팽팽하게 맞서던 북미 간 대치국면과 유사했다.

여야 대치국면을 알기 쉽게 설명하려고 동원한 비유가

오히려 장황한 설명이 되면서 이해를 어렵게 만들고 있다.

외교안보분야의 상식이 없는 사람이라면

무척 혼란스러울 수밖에 없다.

적절하지 못한 비유다.

다음의 사례를 보자.

여야는 특별법 문제를 놓고 끝없는 대치 국면에 돌입했다.

어부지리漁父之利 고사에 등장하는 황새와 조개의 대치 같았다.

위의 사례보다는 조금 나은 편이라 할 수 있다.

다만 최근의 젊은 독자들 가운데 어부지리 고사의 내용을

알고 있는 사람이 얼마나 될지도 따져 봐야 한다.

쉽게 이해할 수 있는 비유를 쓰자.

그게 쉽지 않다면 아예 비유를 쓰지 않으면 된다.

18

명문에 집착하지 말자
쓰다 보면 명문이 나온다

누구나 명문을 쓰고 싶어 한다.

미사여구도 동원하고 촌철살인에도 도전한다.

독자가 무릎을 탁 칠 만큼 훌륭한 비유를 욕심낸다.

그런데 쉬운 일이 아니다.

글을 처음 쓰기 시작하는 사람에게도

글을 오랫동안 써 온 사람에게도

명문은 결코 쉽게 다가오지 않는다.

과연 노하우는 없는 것일까?

운동의 고수들은 몸에서 힘을 빼는 것을 강조한다.

권투도, 태권도도, 심지어 골프도 그렇다.

글쓰기도 결국은 마찬가지 아닐까?

억지로 명문을 만들려고 고심하다 보면,

머리는 경직되고 생각은 긴장된다.

그래서는 좋은 표현이 나올 수 없다.

그렇게 생산된 글들은 대부분

독자를 불편하게 만들 가능성이 높다.

과도한 비유와 너무 많은 미사여구가 동원되면

읽는 사람은 숨이 막힐 수밖에 없다.

그냥 흐름에 따라 생각나는 대로 쓰는 게 좋다.

그러다 보면 자연스럽게 명문도 나온다.

스피치라이터나 고스트라이터의 경우는 또 다르다.

자신만의 명문을 만들려고 노력할 필요가 없다.

청와대 대변인을 맡고 있을 때의 경험이다.

촌철살인을 하고 싶은 욕심이 있었지만 포기했다.

청와대 대변인은 대통령의 비서이다.

비서답게 대통령의 말씀 전달에 충실하면 된다.

그 이상 나가는 것은 모두 시쳇말로 '오버'가 된다.

정당의 대변인은 또 다르다.

그들은 정치인이기 때문에 화려한 언변을 구사하는 게 유리하다.

스피치라이터나 고스트라이터는 일종의 비서이다.

자신의 언어보다는 주문자의 언어를 구사해야 한다.

19

한 편의 글에서는 한 가지 메시지만을 전달하자
욕심내지 말자

페이스북 등 SNS에는 수없이 많은 글이 올라온다.

모든 글을 꼼꼼하게 읽기는 불가능하다.

그래도 많은 사람의 글을 보려는 것이 인지상정이다.

그런 만큼 SNS에 올리는 글은 짧은 게 좋다.

서론·본론·결론의 형식을 꼭 갖출 필요도 없다.

주장을 확실하게 하는 것이 좋다.

가급적 두괄식의 논리전개를 하면 더 좋을 것이다.

바쁜 사람들은 맨 앞의 주장만을 읽고 넘어가면 된다.

블로그나 기고문의 경우는 조금 다르다.

긴 호흡을 각오하고 접속한 독자들이기 때문이다.

이곳에서는 핵심 주장을 드러내기에 앞서

여러 가지 장치와 기법들을 동원할 수 있다.

예화도 소개할 수 있고,

고사성어나 명언을 인용할 수도 있다.

반대되는 주장을 소개하고 비판하는 것으로 글을 시작할 수도 있다.

모두 자신의 주장을 뒷받침하기 위한 장치들이다.

다만 글의 분량이 많다는 이유로

여러 가지 주장들을 뒤섞어 내세우면 곤란하다.

한 꼭지의 글, 한 편의 글이라면 한 가지 주장만 하자.

주장들이 많아지면 핵심 메시지의 전달력이 떨어진다.

거듭 이야기하지만, 글을 쓸 때만큼은 작은 욕심을 버리자.

20

인물의 생생한 워딩은 최대한 살리자
현실감이 풍부해진다

노무현 대통령은 대통령 재임 중에도 서민적 언어를 구사했다.

'절구통에 새알 까기.'
'날아가는 고니 잡고 흥정한다.'

듣는 사람에 따라서는 생소한 이야기들이다.
또 어린 시절 익혔던 고향의 사투리도 수시로 사용했다.
언젠가 경남의 어느 횟집을 찾았을 때의 일이다.
매운탕을 먹으며 그는 일행에게 이렇게 말했다.

이런 매운탕은 어떻게 끓이는지 아십니까?

'고춧가루'가 아니라 '꼬치가루'를 넣어야 합니다.

그리고 '무'가 아니고 '무시'를 '삐데' 썰어서 넣어야 합니다.

대통령의 동정을 묘사하는 글을 쓸 때면

가급적 그 언어를 그대로 살렸다.

그러면 글에서도 감칠맛이 돌았다.

대통령이 좋은 이야깃거리를 제공해 준 셈이었다.

또 지인들도 글을 보면 묘사가 생생하다는 평을 해주었다.

대통령의 언어습관을 알고 있기 때문이었다.

사람마다 특이한 언어습관이 있기 마련이다.

노 대통령은 '한반도'라는 낱말을 읽을 때

'한'과 '반도'를 띄어서 읽곤 했다.

그 밖에도 특별한 언어습관이 몇 가지 있었다.

가장 흔한 것이 '이상 더'라는 표현이었다.

대부분의 사람들은 '더 이상'이라고 말하는데,

유독 대통령만은 '이상 더'라는 표현을 고집했다.

대중연설을 할 때에는 항상 그랬다.

대통령의 언어습관을 확인한 청와대 연설팀은

공식 연설문에서도 '이상 더'라는 표현을 사용했다.

인물의 말투나 표현방식은 살리는 게 좋다.

독자에게 살아 있는 현장을 그대로 보여 주는 것이다.

21

사물의 양면성을 잘 관찰하자
글 쓸 재료가 풍부해진다

'새옹지마'라는 말이 있다.

인생사 길흉화복은 변화가 많아 예측하기 어렵다는 의미다.

좋은 일은 나쁜 일을 잉태하고 있고,

나쁜 일은 오히려 좋은 일로 바뀌기도 한다.

세상의 많은 일들은 이렇듯 양면성을 지니고 있다.

우리가 일상적으로 접하는 에피소드도 다르지 않다.

자세히 살펴보면 양면성을 지니고 있다.

나중에 글을 쓰기 위해서 다양한 일화를 기록할 때에도

그 의미를 한 가지로 특정할 필요는 없다.

재임 중 노무현 대통령은 참모들이나 장관들의 질문에

성의껏 자신의 생각과 입장을 대답해 주었다.

자신이 철학이 국정운영에 반영되도록 하려는 노력이었다.

필자는 대통령의 이러한 모습을 묘사하여

"답이 있는 정치인"이라는 글을 쓰기도 했다.

그런데 이 이야기는 또 다른 측면을 가지고 있다.

노무현 대통령은 재임 중 자신의 권력을 나누려 했다.

이른바 분권형 국정운영이다.

장관들에게 그만큼의 권한을 주고 책임도 묻는 것이다.

그럼에도 몇몇 장관들은 답을 찾기 곤란한 문제가 생기면

청와대를 찾아와 대통령의 의중을 묻곤 했다.

물론 대통령은 판단이 가능한 범위 내에서 의견을 제시했다.

이 경우, 만일 그렇게 결정한 정책에 문제가 생기면

장관은 책임을 대통령에게 전가하게 될 수도 있다.

결국 대통령이 모든 물음에 답을 제시하는 것은

분권형 국정운영에 역행하는 결과가 될 수도 있다.

심하면 만기친람이라는 비난을 듣게 될지도 모른다.

동일한 일화이지만 이렇게 양면성을 가지고 있다.

이처럼 사물이나 사안의 양면성을 파악하는 습관을 들이자.

글을 쓸 재료가 무척 풍부해질 것이다.

22

기억이 가물가물해도 대충 쓰지 말자
최대한 정확한 팩트를 찾자

오래전에 벌어졌던 일을

기억에 의존해서 써야 할 때가 종종 있다.

사람의 기억력이란 원래 한계가 있다.

특별한 몇몇 사람을 제외하고는

시간이 흐르면서 기억이 조금씩 왜곡된다.

대체로 자신에게 유리한 방향으로 바뀐다.

악의적이고 의도적인 것은 아니다.

자기중심적으로 사건과 장면을 기억하기 때문이다.

정확히 기록된 메모가 있다면 더없이 좋은 일이다.

그러나 기억에 의존해서 써야 하는 경우에는

한 번 더 사실을 확인해 보는 것이 좋다.

당시 기사도 검색을 해 볼 필요가 있다.

날씨에 대한 기억이 가물가물하면

최소한 기상청 자료라도 확인해 보아야 한다.

자신의 부족한 기억력만 믿고

가물가물한 기억을 사실인 것처럼 묘사하면 절대 안 된다.

차라리 기억이 나지 않는다고 쓰는 게 옳다.

인터넷 세상이다.

검색 기능이 잘 발달되어 있어

부족한 기억력을 어느 정도는 커버할 수 있다.

과거의 특정한 어느 날,

무슨 일이 있었고, 세상의 분위기는 어떠했는지

어느 정도는 재구성할 수 있다.

최선을 다해 확인할 수 있는 데까지 확인하자.

독자들은 대체로 까다롭다.

별걸 다 기억하는 사람들도 많다.

그들을 의식해서라도 정확히 쓰자.

잘못된 사실 하나가 발견되면

글 전체의 신뢰가 송두리째 무너진다.

글쓴이의 명예도 함께 무너진다.

23

결말이 알려진 이야기는
과정을 묘사하는 데 초점을 맞춘다

얼마 전 영화 〈명량〉이 큰 인기를 얻었다.

역사물은 다른 주제에 비해 한계가 있다.

대부분의 사람들이 결론을 알고 있다는 점이다.

이순신 장군이 명량해전에서 대승을 거둔다는 것,

나중에 노량해전에서 전사한다는 사실도 안다.

결론이 알려져 있는 만큼 다른 방식으로

관객들이 긴장의 끈을 놓지 않도록 해야 한다.

이면에서 갈등이나 흥미를 제공할 요소를 찾아야 한다.

과거의 인물을 다룬 역사소설도 마찬가지다.

사람들은 인물의 후일담을 잘 알고 있다.

스토리만 갖고는 긴장감을 줄 수 없다.

창의성이 필요한 대목이다.

그 반대의 측면도 고려해야 한다.

이미 알려진 이야기들을 새삼스레 길게 묘사할 필요는 없다.

새로운 이야기가 특별히 없다면

최대한 압축해서 전달하는 게 좋다.

다음은 《기록》의 마지막 꼭지, 마지막 대목이다.

대통령이 사저를 떠나는 모습이다.

이미 많은 사람들이 알고 있기 때문에

최대한으로 압축하여 묘사했다.

그날 보석으로 풀려날 것으로 기대했던 강금원 회장은 끝내 풀려나지 못했다. 보석심리는 최종결정이 다시 연기되었다. 시간은 운명의 주말을 향해 가고 있었다. 어느 날 저녁, 그는 사저를 찾아온 이웃의 친구인 이재우와 술 한잔을 나누었다. 그는 힘겨움을 토로했다. 자신에게 들이닥친, 그 깊이를 알 수 없는 심적 고통에서 비롯된 힘겨움이 아니었다. 자신 때문에 주변 사람들이 겪고 있을 고통을 헤아리는 데서 비롯된 힘겨움이었다. 그는 언제나, 자신을 만나지 않았다면 그들에게 지금과 같은 고통이 들이닥치지 않았을 것으로 생각했다. 그의 머릿속에서 모든 불행의 시작은 자신에게 있었다. 그는 그렇게 스스로를 원죄의 굴레 속에 가두어 두고 있었다. 낮에 담배를 얻어 피울 요량으로 들렀던 비서실에서 한참 동안 비서들이 일하는 모습을 지켜보던 그의 마음도 그러한 생각의 연장선 위에 있었다. 그의 귀향을 계기로 서울에서 봉하마을로 주거를 옮긴 비서진들이었다. 그리고 5월 23일 토요일 새벽.

침실과 붙어 있는 내실 공간의 북쪽 한 귀퉁이에 자리한 컴퓨터에서 그는 글을 남기고 있었다. 창 바깥의 마당에는 홍매화의 잎이 어느새 무성해져 있었지만 이 봄은 그에게 그것을 쳐다볼 겨를조차 허락하지 않았다. 마지막 남길 글을 바탕화면에 저장한 그는 내실을 나섰다. 문이 유난스레 큰 소리를 내며 닫혔다. 그는 경호팀에 인터폰을 했다.

검찰에 출두하던 날 이후 오랜만에 나서보는 대문이었다. 바깥에서 기다리고 있던 경호관이 꾸벅 인사를 했다. 그는 앞장서서 걷기 시작했다. 담장 아래를 따라 듬성듬성 잡초가 자라나 있었다. 그는 잠시 웅크리고 앉아 풀을 뽑았다. 다시 일어선 그는 두 번 다시 돌아오지 않을 길을 따라 발걸음을 옮기기 시작했다. 그가 사랑했던 사람들, 그를 사랑했던 사람들, 그리고 그가 사랑했던 나라가 그의 발걸음을 지켜보며 슬픈 모습으로 남아 있었다.*

---

* 윤태영, 《기록》, 264-265쪽.

24

반문反問을 효과적으로 활용하자
독자를 깨어 있게 하자

정치인이 대중연설을 할 때면 청중의 의견을 묻는 경우가 있다.

청중의 공감을 이끌어내는 게 우선의 목적이다.

한편으로는 주의를 집중시키는 역할도 한다.

대중연설에서는 대부분 '예', '아니오'의 대답을 유도한다.

간단한 명사형 대답이나 호명呼名을 이끌어내기도 한다.

살아 있는 글은 독자와 함께 호흡한다.

수시로 독자가 고개를 끄덕이게 만들어야 한다.

또 독자의 주의를 끊임없이 환기시킬 필요가 있다.

중간중간마다 독자에게 질문을 던져야 한다.

잠깐이라도 생각하게 만들어야 한다.

형식은 반문이지만,

결국은 자신의 생각을 강하게 주장하는 것이다.

다음의 글을 보자.

당신은 행복한 아침을 맞고 있습니까?

당신의 출근길은 쾌적하십니까?

만원 지하철 안에서 여유를 만끽하고 계십니까?

꽉 막힌 도로를 보며 노래를 흥얼거리기도 하십니까?

진땀을 흘리며 출근한 사무실, 지각한 당신을 째려보는 상사가 좋으

십니까?

이러한 이야기들을 평이한 문장으로 서술하면 어떤 느낌이 될까?

긴장도 떨어지고 공감도 얻기 어렵다.

그럴수록 필자와 독자 사이가 멀어진다.

독자를 필자 옆에 붙들어 놓기 위해서 노력하자.

수시로 독자를 콕 찔러 보자.

25

Fade-in & Fade-out,
새로운 단락으로 부드럽게 넘어가자

예문으로 시작하자.

지난 반년 동안 집필팀은 말과 글에 관한 한 그의 수족 역할을 해 왔었다. 마지막으로 남긴 글의 한 대목에서 나는 내가 감당해야 할 죄책감의 근거를 확인했다.

"책을 읽을 수도 글을 쓸 수도 없다."

꽉 막힌 심장에서 피가 역류했다. 깊은 후회의 감정이 모든 감각을 마비시켰다. 눈물은 한 방울도 흐르지 않았다. 눈시울의 뜨거움도 없었다. 차는 부산대 양산병원을 향해 달렸다. 이십 년 전 처음 대면했던 초선의원 노무현의 모습이 차창 밖으로 떠올랐다.

1989년 초 여의도의 국회의원회관. KBS 소유의 아파트를 빌려 의원회관으로 사용하던 시절. 큰 방 하나를 둘로 나눈 작은 공간들이 비교적 젊은 초선의원들에게 배당되었다. 그의 사무실도 그 가운데 하나였다. 88년 5공청문회로 두각을 나타낸 그는 의원회관에 근무하는 젊은 야당 보좌진들에게 인기 최고의 우상이었다. 참모진과 허물없이 친구처럼 지내는 노 의원의 모습은 부러움의 대상이었다.*

중간에 단락이 바뀌는 지점이 있다.

굳이 따진다면 기起에서 승承으로 넘어가는 길목이다.

그런데 시점이 문제다.

2009년 5월 23일의 시점에서,

20년 전인 1989년의 어느 날로 돌아가고 있다.

갑자기 20년 전을 서술하기에는 시간의 간격이 크다.

독자의 입장에서는 호흡의 단절을 느끼게 된다.

이러한 문제를 보완하기 위해 매끄러운 연결을 시도했다.

영화로 치면 Fade-in & Fade-out 기법인 셈이다.

이런 기법을 잘 활용할 필요가 있다.

첫 꼭지의 글이 끝나는 지점에서

---

* 〈오마이뉴스〉, "이제 당신을 내려놓습니다". 전문은 부록 234쪽을 보라.

다음 글의 서두를 시사하는 언급을 하는 것이다.
부드러운 연결도 독자의 시선을 붙잡아 두는 데
큰 기여를 하는 셈이다.

26

가정과 전제를 남발하지 말자
주장이 불투명해진다

강력한 주장을 제기하는 글은 맺고 끊음이 분명할 필요가 있다.

…하는 경향은 있지만, 그래도 …하다.

이렇게 자락을 깔아 놓으면 주장의 힘이 떨어진다.
당연히 설득력도 줄어든다.

…하는 경우만 아니라면, 이것이 백번 옳다.
…의 도움이 전제가 될 때, 승리의 가능성이 높다.

논리적인 글을 위해서는 가정과 전제가 필요하다.

반론을 방지하기 위해서도 자락을 깔아 놓아야 할 때가 있다.
그러나 자주 남발되면 주장의 설득력이 현저히 떨어진다.
꼭 필요한 경우를 제외하곤
전제나 단서들을 과감히 쳐내는 것도 생각해 봐야 한다.
실제로 반론이 제기되면 그때 설명해도 늦지 않다.

다큐멘터리나 리포트 형식의 글의 경우는 다르다.
이런 형식의 글에서도 물론 전제나 가정은 필요 없다.
다만 강력한 주장보다는 여지를 남겨 놓는 게 필요하다.
다음은 노무현 대통령 재임 중 국정일기인
〈옳은 길이라면 주저 없이 간다〉의 마무리 대목이다.

외교의 영역에서도 마찬가지. 대통령은 세련된 외교보다는 솔직한 외교를 추구했다. 아쉬운 것은 아쉽다고 이야기하고, 고쳐야 할 것은 고쳐 달라고 이야기했다. 지난 6월의 한미정상회담이 보여 주듯, 필요하다면 3시간의 회담을 위해 30시간에 달하는 비행시간도 마다하지 않았다. 국제무대에 선 대통령은 그 솔직함에 깊은 인상을 받은 외국의 지도자들로부터 높은 평가와 감사의 인사를 받았다. 그것은 '세련된 매너'로 만들어낼 수 있는 것이 아니었다. '정직은 언제나 최선의 정책'이었다.
2002년 여름 대통령선거전이 뜨거워지던 어느 날, 이회창 후보에게 뜻밖의 악재가 생겼다. '특권층의 대변자'로 공격받던 이 후보에게 누군가가 '옥탑방'에 대한 질문을 던졌는데, 이 후보가 그 뜻을 모르고 있었음이 밝혀진 것. 당연히 노무현 후보 진영은 이 뜻밖의 호재를 활용할 공세를 준비했다. 그러나 정작 더욱 뜻밖의 일이 벌어진 것은 그다음 날. 이번에는 노무현 후보 자신이 공개적으로 이렇게 언급을 했던 것.

"저도 사실 옥탑방이란 말은 몰랐습니다."

글의 끝을 대통령선거 당시 노 후보의 발언으로 마무리했다.
여기에 다시 후보의 언급을 부연해서 설명하는 글을 덧붙이면
결국은 주장하는 글이 된다.
그러면 글 전체의 성격이 모호해지고 흔들린다.
그냥 이 말로 마무리를 지은 다음
사람들이 자연스럽게 생각하도록 하는 편이 낫다.

27

주장 글에서는 예화를 적극 활용하자
인물에 관한 글은 예외다

학술 논문을 재미있는 글로 분류하기는 어렵다.

딱딱한 이야기가 계속되기 때문이다.

논리성을 추구하는 주장글도 마찬가지다.

너무 길어지면 흥미도 없어지고 긴장도 떨어진다.

부드러운 이야기들을 중간에 다양하게 결합시켜야 한다.

대표적인 것이 예화이다.

예화의 종류는 수없이 많다.

고사도 있고, 최근의 유사한 사례들도 있을 것이다.

다만 예화는 글 전체 분량의 30퍼센트를 넘지 않는 게 좋다.

그 이상으로 예화의 분량이 많아지면

주객이 전도되는 셈이다.

인물의 언행을 묘사하는 글은 다르다.

자서전 또는 자기소개서도 이와 같은 범주에 속한다.

인물에 대한 이야기를 서술하는 과정에서

또 다른 사람의 일화가 예화로 등장하는 것은

그다지 권장할 만한 일이 아니다.

인물에 대한 글의 경우는

주인공에게 최대한 포커스를 맞추어야 한다.

굳이 예화를 동원해야 한다면

주인공의 다른 경험을 소개하는 게 훨씬 낫다.

다음은《봉하일기》, "낮은 사람 노무현의 다시 찾은 봄날"의 일부다.

중간에 3년 전 이야기를 예화로 소개하고 있다.

뜨겁게 달구어진 솥 안에서 찻잎을 덖는 전문가의 숙달된 솜씨를 지켜본 후 대통령이 따라해 봅니다. 비비면서 말리는 과정을 거쳐 다시 건조. 하나하나 따라해 보는 대통령의 모습을 지켜보며 사람들이 술렁댑니다. 휴대폰이나 디지털카메라를 높이 들고 사진을 찍는 사람, 자기들끼리 삼삼오오 이야기하는 사람들. 이웃집 아저씨를 대하듯 스스럼없이 대통령에게 질문을 던지는 아주머니. 모두 다 임기 중에는 접하기 힘들었던 편안한 광경들입니다. 그런 대통령 앞으로 누군가가 지나가자, 설명을 하던 교수님이 어딜 앞으로 지나가냐고 야단을 칩니다. 순간, 멋쩍어지는 건 오히려 대통령입니다. 그 대통령이 밝게 웃으며 말합니다.

"괜찮습니다."

3년 전인 2005년 5월 21일, 대통령은 농산촌 관광마을 체험의 하나로 충북 단양의 한드미 마을을 찾았습니다.

"어릴 때 농토는 없고 자식은 공부시켜야 해서 고구마 순을 팔아서 학비를 댔습니다. 그래서 고구마 순을 보면 어머니 생각이 납니다."

그 자리에서 대통령은 귀농 포부의 일단을 밝혔습니다.

"자연과 사람이 어우러지는 삶의 모습이 좋습니다. 욕심에는 대통령 마치고 내 아이들이 찾아올 수 있는 데 가서 살면 어떨까 궁리 중입니다."

그 소박한 대통령의 꿈이 이 봄날에 조금씩 현실화되고 있었습니다.

제다과정 체험이 끝나고 장군차밭의 주인이 대통령 일행을 위해 베푼 오찬. 정성껏 준비한 장군차 비빔밥 한 그릇이 대통령을 위해 먼저 나왔습니다. 또다시 대통령이 어색해합니다.

"제가 아직 어디 가서 어른 노릇을 못합니다. 밥그릇이 제게 먼저 오면 어색해하죠. 대통령 5년 하는 동안 그래서 고생 많이 했습니다."

{28}

얼마나 과감히 삭제하느냐에 따라
글의 품질이 결정된다

글을 쓴다는 것은 결코 쉬운 일이 아니다.

오랫동안 방안을 맴돌며 생각한 끝에

고작 몇 줄을 쓰기도 한다.

써 놓은 글도 몇 차례 걸쳐 수정에 수정을 거듭한다.

그런 과정을 거쳐 몇 개의 문장이 만들어진다.

자신의 열과 성, 그리고 혼이 담겨 있는 글이다.

누구라도 애착을 가질 수밖에 없는 글이다.

그 글이 전체의 흐름과 조화를 이루고 있다면

더할 나위 없이 좋은 일이다.

때로는 그렇게 애써 써 놓은 글이

결과적으로 튀는 문장이 되는 경우도 있다.

전체적인 맥락을 놓고 보면 군더더기가 되는 것이다.

흐름을 방해하는 문장이 되기도 한다.

수정을 해 보려 하지만,

몇 개의 문장들은 이미 자기완결성을 가지고 있다.

자신이 보기에도 버리기엔 너무 아까운 문장들이다.

이번에 써먹지 않으면 다른 기회에 쓸 일도 없을 듯싶다.

심혈을 기울인 문장을 살리기 위해서

앞과 뒤의 다른 글들을 다시 고쳐 본다.

그러다가 전체의 흐름마저 망가진다.

수십 년 글을 써 오면서 숱하게 겪었던 경험이다.

이 경험이 주는 교훈은 단 하나뿐이다.

피와 살 같은 문장이라도 흐름에 방해가 되면

과감히 버려야 한다는 것이다.

잘못된 작품을 부숴 버리는 도공陶工의 심정이 되어야 한다.

타깃을 분명히 하자
독자가 앞에 있다고 생각하자

자신이 쓴 글을 많은 사람들이 읽기를 바란다.

글 쓰는 사람들의 한결같은 바람이다.

남녀노소 누구나가 읽어 주기를 원하는 것이다.

그러다 보면 글이 두루뭉술하게 된다.

다양한 사람들을 염두에 두다 보니 어쩔 수가 없다.

역시 여기서도 욕심을 버려야 한다.

가급적이면 타깃 독자를 분명히 할 필요가 있다.

대변인을 하던 시절의 경험이다.

저녁 아홉시 TV 뉴스에 등장하는 일이 많았다.

서울 시내 사무실 밀집 지역을 걸어가면

얼굴을 알아보는 사람들이 꽤 있었다.

그러나 신기하게 신촌 등 대학가에 가면

나를 알아보는 사람이 전무할 정도였다.

뉴스를 보는 계층이 확연히 다른 것이다.

딱딱하고 건조한 정치·시사 관련 글을 쓰면서

'젊은 학생들에게 고함'이란 제목을 붙이면 어떨까?

과연 젊은 학생들이 얼마나 그 글을 읽을 수 있을까?

자신의 글을 읽어 줄 확실한 독자층을 겨냥하고 써야 한다.

30대 청년층도 좋고, 4-50대 화이트칼라도 좋다.

그 그룹에서 어느 정도 뿌리를 내리면

그다음 타깃 독자층을 확대하면 된다.

일차 그룹이 든든한 진지陣地 역할을 해줄 것이다.

타깃을 분명히 하고 글을 쓰자.

그들이 바로 당신 앞에 앉아 있다는 생각으로 쓰자.

나의 글쓰기,
시작에서 끝까지

1. 초고

- 주제와 관련하여 알고 있는 모든 지식을 파일에 쏟아 놓는다.

- 인터넷 검색으로 관련 자료를 찾아 함께 입력한다.

- 각각의 이야기들을 연결하는 흐름을 최대한 매끄럽게 구성한다.

- 부족한 대목이 없는지 확인한다.

- 핵심 메시지의 비유를 생각한다.

- 어떤 문장으로 시작할지를 정한다.

- 활용할 인용구나 예화를 확정한다.

- 핵심 메시지를 배치할 위치를 생각한다.

- 단문 위주로 갈 것인지, 장문과 단문의 조화로 갈 것인지 정한다.

- 흐름에 따라 처음부터 끝까지 완성한다.

2. 회람

- 가까운 한두 사람에게 회람하여 의견을 듣는다.
- 이야기를 경청하되, 그 의견에 얽매이지 않는다.
- 자신도 공감하는 지적이나 의견은 수용한다.

3. 수정

- 종합된 의견에 따라 완성된 문장을 만든다.
- 최대한 압축한다. 중복된 단어는 과감히 생략한다.
- 삭제해도 무방한 문장은 과감히 삭제한다.
- 접속사를 최소화한다.
- 전체를 다시 읽어 보며 한 번 더 압축한다.
- 강조할 부분이 명확히 드러나는지, 잘못된 사실은 없는지 점검한다.
- 맞춤법을 최종적으로 점검한다.
- 제목을 짓는다. 본문 속에서 좋은 문구가 있으면 뽑아낸다.

참회록_
이제 당신을 내려놓습니다*

1.

2009년 5월 19일 늦은 오후.

사람들로 붐비는 서울역사 안에서도 봄은 떠나고 있었다. 초여름의 길목, 사람들은 저마다 행선지를 찾아가고 있었다. 부지런한 걸음으로 떠나는 이도 있었고 홀가분한 표정으로 돌아오는 이도 있었다. 봉하에서 돌아온 나도 그중 하나였다. 네 시간 전 진영읍내에서 봉하사저의 비서들과 식사를 함께 한 나는 곧바로 열차에 몸을 실었다. 식당을 나오기 직전에 소식 하나가 전해졌다. 구속된 강금원 회장의 보석심리가 열렸는데 최종결정이 다시 연기되었다는 소식이었

* 노무현 대통령 서거 5주기에 맞춰 〈오마이뉴스〉(2014년 5월 20일자)에 기고한 글.

다. 나는 큰 숨을 길게 내쉬었다. 크게 낙담할 그의 표정이 눈앞에 어른거렸다. 고개를 좌우로 흔들었지만, 그의 굳은 얼굴은 시선의 정면에 그대로 멈춰 있었다. KTX가 서울에 도착할 때까지 나는 그 모습을 지우기 위해 수십 번 머리를 가로저어야 했다.

서울역사를 나서기 전 매표소 앞에서 잠시 망설임이 있었다. 코레일 비즈니스 할인카드의 이용횟수가 마침 이날로 한도를 다 채운 때문이었다. 3개월이나 6개월이 기한인 새로운 할인카드를 구입할 것인가의 망설임이었다. 이날 오전 봉하사저에서는 그가 자리한 가운데 회의가 열렸었다. 그 자리에서 나를 포함한 집필팀은 해산하는 것으로 결론이 내려졌다. 6개월여에 걸친 임무가 끝난 것이었다. 팀원들과 논의한 끝에 내가 해체를 제안했다. 그는 아무런 반대의견 없이 받아들였다. 미완의 과제들은 분담되었다. '진보주의 연구'는 미래발전연구원이, 대통령 회고록은 내가 전담하기로 했다. 초고를 완성할 때까지 충분한 시간을 달라고 그에게 청했다. 이로써 당분간 그를 대면할 일이 없어졌다. 지난 반년 동안 봉하에 내려와 머무르는 날들이 많았었다. 그의 집필 작업을 보좌하기 위한 것이었다. 그 임무도 끝이었다. 사실상 그를 가까운 시일 내에 다시 볼 기약이 없는 셈이었다. 회고록 초고가 언제쯤 완성될지는 가늠하기 어려웠다. 그도 특별히 기한을 정하지 않았다. 냉정하게 판단하면 비즈니스 할인카드를 구입할 이유가 없는 것이었다. 망설임은 있었지만 나는 냉정함을 선택했다. '대통령께서 힘드시지는 않을까?' 하는 일말의 죄송스러움이 있기는 했다. 나는 다시 한 번 고개를 가로저으며 카드 구입을 포기하고는 집으로 향했다. 그로부터 나흘 후 아침.

여느 날과 다름없이 일찍 잠에서 깨어나 거실을 맴돌던 중이었다. 김경수로부터 전화가 왔다. 이틀이 멀다 하고 언론보도 대응과 관련한 통화를 하던 터였다. '조간에 또 해괴한 기사가 났나 보다'는 생각으로 전화를 받았다. 김경수의 목소리가 떨고 있었다.

"대통령님께서 부엉이바위에서 뛰어내리신 것 같습니다."

방 한쪽 구석에 기댄 채 주저앉았다. 수십 분이 지난 후 김경수가 다시 전화를 걸어왔다. 유서 같은 게 컴퓨터에 남겨져 있다는 것이었다. 눈앞이 하얘지면서 모든 것이 무너져 내렸다. 이웃에 사는 송인배가 자신의 차편으로 서둘러 내려가자고 했을 때 나는 망설였다. 그곳에 내려가는 것이 두려웠다. 끔찍한 현실을 그대로 대면하는 것이 무서웠다. 그렇다고 달리 방법이 있는 것도 아니었다. 결국 강권에 못 이겨 차에 몸을 실었다. 서거 소식은 중부내륙고속도로의 충청도 구간을 통과하고 있을 즈음에 접했다. 크게 한숨을 내쉬었다. 슬픔도 안타까움도 아니었다. 도저히 감당할 수 없는 무게의 죄책감이 있었다. 또렷이 되살아오는 그의 한마디가 있었다. 한 달 반쯤 전인 4월 초, 집필팀 회의를 마치고 서재를 나서던 그가 갑자기 뒤돌아서며 던진 말이었다. 그 말이 귓속을 타고 들어와 가슴을 아프게 후벼 팠다.

"내가 글도 안 쓰고 궁리도 안 하면 자네들조차 볼 일이 없어져서 노후가 얼마나 외로워지겠나? 이것도 다 살기 위한 몸부림이다. 이 글이 성공하지 못하면 자네들과도 인연을 접을 수밖에 없다. 이 일이 없으면 나를 찾아올 친구가 누가 있겠는가?"

이 말에 시사示唆가 있었다. 암시가 숨어 있었다. 그렇게 생각되었다. '이 글은 성공하지 못'했다. 그래서 '자네들과의 인연을 접을 수밖에 없'었던 것이다. '살기 위한 몸부림'이 그렇게 끝난 것이었다. 왜 몰랐을까? 그 안타까운 호소를 왜 잊고 있었던 것일까? 질곡의 봉하에서 벗어나고 싶은 내 무의식이 의도적으로 외면했던 것은 아닐까? 그는 어쩌면 집필팀의 해체에 동의한 것이 아니라 어쩌면 나를, 또 우리를 붙잡을 힘이 없었던 게 아닐까? 살기 위한 몸부림으로 붙잡아야 하지만 더 이상 자신에게는 이들을 붙잡을 근거가 없다고 포기해 버린 게 아닐까? 지난 반년 동안 집필팀은 말과 글에 관한 한 그의 수족 역할을 해 왔었다. 마지막으로 남긴 글의 한 대목에서 나는 내가 감당해야 할 죄책감의 근거를 확인했다.

"책을 읽을 수도 글을 쓸 수도 없다."

꽉 막힌 심장에서 피가 역류했다. 깊은 후회의 감정이 모든 감각을 마비시켰다. 눈물은 한 방울도 흐르지 않았다. 눈시울의 뜨거움도 없었다. 차는 부산대 양산병원을 향해 달렸다. 이십 년 전 처음 대면했던 초선의원 노무현의 모습이 차창 밖으로 떠올랐다.

2.

1989년 초 여의도의 국회의원회관. KBS 소유의 아파트를 빌려 의원회관으로 사용하던 시절. 큰 방 하나를 둘로 나눈 작은 공간들이 비교적 젊은 초선의원들에게 배당되었다. 그의 사무실도 그 가운데 하나였다. 88년 5공청문회로 두각을 나타낸 그는 의원회관에 근무하는 젊은 야당 보좌진들에게 인기 최고의 우상이었다. 참모진과 허물없이 친구처럼 지내는 노 의원의 모습은 부러움의 대상이었다. 마침 친구와 학교 후배들이 그의 사무실에서 비서로 일하고 있었다. 인사도 드릴 겸 그의 사무실을 찾아가 친구와 대화를 하던 중, 외부 일정을 마친 노무현 의원이 사무실에 들어왔다. 그는 내 친구를 보자마자 억센 부산 사투리가 섞인 욕을 퍼부어 댔다. 내 친구인 보좌관이 요즘말로 며칠 동안 잠수를 탄 것을 놓고 꾸지람을 하는 것이었다. 적이 놀라지 않을 수 없었다. 얼른 자리를 피하는 게 좋겠다는 생각으로 전전긍긍하는데, 이번엔 친구 녀석이 한술 더 떠서 의원에게 대들었다. 물론 욕은 아니었지만 "뭘 그런 것 갖고 그러시나?"는 투였다. 가만히 오가는 말을 듣고 있자니 절로 웃음이 나왔다. 말만 거칠게 할 뿐, 내용은 서로에 대한 애정이 담뿍 담긴 대화였다. 문화적 충격이었다. 권위주의와 수직적 문화가 지배하던 당시의 의원회관 분위기에서는 파격 그 자체였다. 청문회 스타의 욕설, 그리고 보좌진과의 수평적 대화. 정치인 노무현과의 첫 만남이 나의 뇌리에 아로새겨 놓은 키워드였다.

그는 고상한 척하지 않았다. 다른 국회의원과 많이 다른 국회의원이었다. 없는 권위를 굳이 만들려고 하지 않았다. 그는 스스로를 기존의 권위에 맞서는 사람으로 분명히 자리매김하고 있었다. 속칭 '비주류'임을 드러내는 데 전혀 주저함이 없었다. 그 후 20년에 달하는 정치역정 동안 그가 인정하든 인정하지 않든 그 시간을 관통한 흐름이었다.

그는 비주류의 대변자였다. 못 가진 사람, 못 배운 사람의 편이었다. 눈앞의 이익에 집착하는 사람과 기회주의자들의 반대편이었다. 바보 소리를 들을 정도로 우직한 사람, 미련하다는 이야기를 들을 정도로, 착한 사람에게는 한없는 애정을 표현했다. 권력으로 남을 짓밟고 이웃의 아픔을 무시하는 못된 사람에게는 끝없는 분노를 드러냈다. 그는 강자에게 강하고 약자에게 약한 사람이었다. 무엇보다 나를 매료시킨 그의 캐릭터가 있었다. 변호사였고 국회의원이었지만 그는 끝내 기존 주류사회로의 편입을 거부했다. 마음만 먹으면 가능한 일이었다. 대표적인 사례가 90년 3당합당이었다. 그는 대세의 정치를 거부했다.

3당합당을 계기로 정치인 노무현과의 인연이 시작되었다. 나는 꼬마민주당에서 그의 야권통합노선을 지지했다. 잠시 출판사에 몸을 담고 있을 때에는 자서전을 펴내는 일을 맡았다. 구술 과정에서 그의 대책 없는 솔직함을 접할 수 있었다. 예전의 잘못된 여성관이나 부부 싸움 이야기를 적나라하게 소개하는 것이었다. 남다른 모습이 그의 세계로 한걸음 더 다가서게 만들었다.

가끔 마주칠 때마다 그는 따뜻한 눈인사를 건네주었다. '우리 편'이라는 표현으로 애정과 관심을 표현했다. 낙선이 거듭된 오랜 원외 생활과, 기득권과 쉽게 타협하지 않는 캐릭터 탓에 그는 항상 외로운 처지에 있었다. 그 빈 공간을 메워 준 것은 동지적 관계의 젊은 참모들이었다. 2001년 초에는 나도 본격적으로 그 대열에 합류했다. 캠프에는 명망가도 없었고 의원급도 거의 없었다. 아무도 그를 대통령감으로 생각하지 않던 시절이었다. 그는 기존 정치권의 인식으로는 철저한 이방인일 뿐이었다. 하지만 그에게는 남다른 자산이 있었다. 노사모라는 팬클럽이었다.

3.

"에이씨!"

누군가 이야기하면 고상한 영어발음이 되고 노무현이 이야기하면 욕이 된다. 물론 우스갯소리이다. 하지만 꼭 우스갯소리만도 아니다. 대통령후보 시절 '안시장'이라는 표현이 억센 부산사투리 억양 탓이었는지 일간지에 '에이쌍'이라는 비속어로 둔갑하여 보도되는 해프닝이 있기는 했다. 그럴 수도 있는 일이었다. 문제는 대통령이 된 이후였다. 일부에서는 아예 그를 대통령으로 인정하지 않으려 했다.

2004년의 탄핵소추는 상징적인 사건이었다.

여당이나 일부 언론만 그런 것은 아니었다. 같은 진영 내에도 일부이긴 하지만 그런 흐름은 엄연히 존재하고 있었다. 고졸 학력으로 거침없는 언사를 구사하는 대통령을 불안하게 보는 사람들은 곳곳에 있었다. 법조계는 물론, 관료사회나 학계에도 있었다. 외부의 전문가들을 청와대로 초청해 조언을 듣는 자리를 마련하면 그를 잘 모르는 인사는 한 수 가르쳐 줘야 한다는 표정을 지으며 나타나곤 했다. 일부러 드러내는 것은 아니었지만 그렇다고 감추어지는 것도 아니었다. 그런 우월의식과 싸우는 일도 대통령의 몫이었다. 그는 자신의 처지를 사석에서 이렇게 표현하기도 했다.

"내가 후보가 되고 대통령이 되는 과정에서 겪은 것이 있다. '왕따'가 되는 것 같은 느낌이다. 옛날 어린 시절에 깡패들이 동네를 휩쓸고 다니던 때가 있었다. 그 강자들의 기득권 질서에 부닥치는 느낌 같은 것이다. 말하자면 기득권 질서에 순응하지 않는 태도 때문에 따돌림을 당하는 것이다. 예전에 운동하면서 대우조선에 갔을 때 꼭 그런 느낌을 받았다. 그냥 일반적 분위기 수준이 아니고 아주 심각한 것이다. 김대중 대통령도 그렇게 왕따를 당해 왔던 것 같다. 독재와 반독재가 대치하는 지점에서 왕따가 되면서 기득권 질서의 이단으로 몰린 것이다. 독재·반독재의 전선으로 밀고 당긴 것이 아니라 기득권 질서의 이단자로 몰린 것이다. 상징적 표현이 바로 '김대중은 빨갱이'이다. 그렇게 규정하면서 기득권 질서에 도전하는 사람으로 몰아간다. 여기서 벗어나고 싶으면 타협하는 수밖에 없다."

하나하나가 힘겨운 싸움이었다. 그는 타협하기 위해 때로 대화의 손을 내밀기도 했다. 돌아오는 것은 냉정한 거절뿐이었다. 기본적으로 세력의 부족함을 느꼈다. 깨어 있는 시민이 필요하다는 생각이었다. 그가 기댈 수 있고 동원할 수 있는 수단은 역시 말과 글이었다. 말과 글로 깨어 있는 시민을 만들겠다는 의지였다. 2005년 말 대통령은 부속실장이던 나를 연설기획비서관에 임명했다. 말과 글을 전담하라는 취지였다. 더 밀도 있게 자신의 일거수일투족을 기록하라는 의미였다. 큰 기대였다. 그렇게 그는 자신과 자신의 생각을 설명해줄 우군을 항상 원하고 있었다. 2006년 가을, 대변인을 겸하고 있던 시절이었다. 모처럼 외곽으로 나들이 가는 일정에 그가 수행을 지시했다. 평강식물원으로 가는 버스 안에서 그는 나에게 제안했다.

"퇴임하면 봉하로 가세. 가서 우리 정말 좋은 책 한번 만들어 보세."

그 후 나는 오히려 청와대를 떠났다. 대통령이 퇴임하기 1년 전이었다. 사인私人의 신분이었지만 대통령은 그래도 수시로 청와대 관저로 불렀다. 별도의 공간을 마련해 주겠다는 제안도 했다. 자신의 언행을 기록하며 말과 글을 다듬는 일을 계속하라는 것이었다. 그해 여름 대통령은 봉하로 같이 가자는 청을 거두었다. 그 대신 다른 이야기를 꺼내었다.

"자네도 정치하려는 생각이 있다고 누가 그러던데 사실인가?"
"네, 결정한 것은 아니고 고민 중입니다."

대통령이 단호한 어조로 나의 말을 잘랐다.

"자네는 정치하지 말게. 나와 책을 쓰는 일을 계속 같이하세."

4.

봉하로 내려간 퇴임 대통령이 할 수 있는 일에는 한계가 있었다. 물리적 위치가 활동을 제약하는 측면이 있었다. 그 대신 끝없이 사저 앞을 찾아오는 방문객들이 있었다. 그들과 소통하는 것은 새로운 기쁨이었다. 하지만 오래갈 수는 없었다. 민주주의 2.0의 개발을 통해 온라인 공간에서 토론의 장을 마련하려던 일도 실패로 끝났다. 그의 도전은 한풀 꺾이고 말았다. 이른바 기록물 사건도 그의 발목을 잡았다. 그가 할 수 있는 일은 결국 글로 좁혀지고 있었다. 그는 나에게 출판사를 차릴 것을 지시했다. 글을 써서 책을 만들고, 책을 팔아서 깨어 있는 시민을 만들자는 취지였다. 물론 자기재생산도 도모하는 것이었다.

그해 늦가을에 그는 결국 나를 봉하로 불러 내렸다. 양정철도 함께 내려오도록 했다. 형님이 구속되는 상황에서 그의 선택지는 더 이상 없었다. 오로지 책읽기와 글쓰기에만 집중하겠다는 생각이었다. 나는 출판을 준비하던 사무실을 접고는 짐을 싸들고 봉하로 내려갔다. 내가 겪고 있던 깊은 우울증조차도 그는 모두 자신 때문에 생긴 병이라고 위로하며 작업을 독려했다. 객관적 상황은 여의치 않았다. 글에 집중하려는 그의 생각을 어지럽히는 뉴스가 계속되고 있었다. 그래도 그는 일주일에 서너 차례 회의에만 집중했다. 거기서 시스템을 만들고 글의 뼈대를 만들었다. 그것만이 스스로를 버티는 방법이었다. 삶의 동력이자, 유일한 안식처였다.

4월 초 퇴임한 대통령과 봉하에서의 일 년을 같이 지내다시피 한 강금원 회장이 구속되었다. 이어서 정상문 비서관이 돈을 받았다는 이야기가 흘러나왔다. 집필회의를 계속할 수 없는 상황이었다. 그는 홈페이지에 "이제 저를 버리셔야 합니다"라는 글을 올렸다. 나는 봉하를 떠나 집으로 올라왔다. 술에 의존할 수밖에 없는 나날이었다. 온 국민의 손가락질이 우리를 향하고 있었다. 4월 말 그는 검찰에 출두했다. 나는 봉하에 내려가지 않았다. 가서 위로를 해 드려야 했지만 자신이 없었다. 아침부터 차를 몰고 외곽을 방황하다가 어느 편의점에 들어가 소주 두 병을 샀다. 편의점 내부의 TV 화면에 헬기에서 찍은 대통령의 차량행렬이 보였다. 나이가 지긋하신 주인아저씨가 나를 흘끗 보며 말했다.

"이런 날 술이라도 먹어야겠지요."

5월이 되었지만 시간은 여전히 더디 흘렀다. 일주일이 지났을 무렵 그가 나를 찾았다. 집필팀 회의를 재개하니 다시 내려오라는 지시였다. 집필팀은 함께 미니버스를 타고 사저에 출입했다. 그래야 카메라의 시선을 피할 수 있었다. 숨죽이며 살아야 하는 형편이었다. 그래도 회의는 계속되었다. 가끔씩 말을 멈추고 멍한 표정으로 있는 그의 모습이 목격되곤 했다. 그는 괴로움의 한가운데에 있었다. 5월 14일 목요일, 오전 회의를 마치고 나는 서울행 기차에 몸을 실었다. 기차가 출발하자마자 휴대폰이 울렸다. 그가 이튿날 오전에도 회의를 했으면 한다는 것이었다. 할 수만 있다면 그는 매일 회의를 하고 싶어 했다.

5.

2009년 5월 25일, 서거 이틀 후의 일이었다. 봉하마을 인근 공단지역의 식당에서 이병완 비서실장, 양정철 비서관과 함께 저녁식사를 했다. TV 뉴스를 보던 주인 할머니가 우리 보고 들으라는 듯 한마디를 했다.

"쯧쯧… 서울대 나왔으면 저리되었겠나?"

그 한마디가 아프게 가슴을 쳤다. 목구멍으로 밥을 넘길 수 없었다.

사람들 사이에서 "지켜드리지 못해 죄송하다"는 말이 나오기 시작했다. 그 문구를 보면 더욱 민망했다. 아무런 변명의 여지가 없었다. 가장 가까운 곳에 있던 사람이었다. 글쓰기에 목말라 있던 그였다. 살아 있음을 확인하기 위해서도 말벗이 필요한 상황이었다. 차마 직접적으로 이야기하지 못했을 뿐, 그는 어쩌면 간절하게 무언의 호소를 하고 있었는지도 모른다. 그 책임으로부터 자유로울 수 없었다. 회한과 자책감에 아무것도 할 수 없었다.

영결식과 화장을 마치고 봉하로 돌아올 때까지 일주일, 나는 눈물 한 방울도 흘리지 않았다. 옆 사람들의 눈치를 봐야 할 정도로 눈물이 없었다. 이유를 알 수 없었다. 수의로 말끔하게 갈아입고 평안한 표정을 되찾은 그의 모습을 마지막으로 보는 순간에도 눈물은 흐르지 않았다. 스스로가 원망스러울 정도였다. 울음이 터진 것은 사십구재가 치러지고 안장식이 끝난 후의 일이었다. 귀경하기 위해 묘역을 찾았을 때 비로소 나는 눈물을 쏟았다. 정말 한없이 울었다. 그러나 그 이후로는 다시 울지 않았다. 자책감이 눈물샘을 완전히 막아 버린 듯싶었다.

어느덧 5년의 시간이 갔다. 5년 내내 심신을 괴롭히는 병들과 싸워야 했다. 힘겹게 기록을 정리했고 첫 책 ≪기록≫을 펴냈다. 마무리하는 과정에서 두 달여간 어지럼증과 불면증에 시달렸다. 하루도 빠짐없이 새벽이 되면 꿈에 그가 나타났다. 나중에는 제발 나타나지 않으셨으면 좋겠다고 기도를 올렸다. 그 5년 동안 책을 펴낼 수 있는 좋은 환경이 오기를 기다렸다. 적어도 그의 언행이 정치적 공방의 소재가 되지 않는 상황을 기대했었다. 연목구어緣木求魚였다. 그는 여당에 의해서든 야당에 의해서든 여전히 현실정치에 살아있는 존재였다. 그렇다고 해서 더 이상 출간을 늦출 수도 없었다.

가슴에 응어리로 맺혀 있던 이 이야기를 하는 것은, 이렇게 해서라도 그에 대한 자책감을 덜어내려는 노력이다. 내가 자유로워져야 조금 더 정확하고 객관적으로 그를 기억하고 기록할 수 있다는 생각이다. 그가 나에게 준 과분한 사랑, 더 정확하게 말하면 말과 글에 대한 애정과 관심에 제대로 보답하기 위해서라도 그렇다.

그는 여전히 그리운 사람이다. 힘겨운 정국상황에서도 비서의 아침 첫인사에 활짝 웃으며 화답하던 표정, 기자와의 산행 약속시간에 늦자 모자를 쓴 채 관저의 복도를 성큼성큼 뛰던 모습, 비서들의 무거운 분위기를 일거에 날려 버린 상쾌한 휘파람 소리, 언젠가 순방국의 휘황찬란한 궁전 내부를 보다가 잎이 큰 화초를 목격하고는 혼잣말로 "저거 쌈 싸 먹으면 좋겠다"며 은근히 야유를 보내던 유머, 또다른 나라에서 마주한 엄청난 규모의 호텔 건물 앞에서 "게가 구멍이 크면 죽는다"며 일침을 놓던 특유의 입담, 비서의 잘못에 크게 화를 내며 꾸짖어 놓고는 얼마 지나지 않아 오히려 분위기를 풀어 주던 그 미소에 이르기까지, 이제 그 모든 것을 가슴에 묻으며 놓아 드리려 한다. 진정한 기록은 거기서부터 다시 시작된다는 믿음으로.

윤태영의 글쓰기 노트

대통령의 필사가 전하는 글쓰기 노하우 75

초판 1쇄 펴낸날 2014년 12월 12일
초판 6쇄 펴낸날 2021년 5월 10일

지은이	윤태영
편집장	한해숙
편집	김진형, 신경아
교정	허순일, 이진경
디자인	정계수, 이미연, 최성수, 이이환
홍보	정보영, 박소현
마케팅	박영준, 한지훈
영업관리	김효순

펴낸이	조은희
펴낸곳	주식회사 한솔수북
출판등록	제2013-000276호
주소	03996 서울시 마포구 월드컵로 96 영훈빌딩 5층
전화	편집 02-2001-5820 영업 02-2001-5828
팩스	02-2060-0108
전자우편	isoobook@eduhansol.co.kr
블로그	blog.naver.com/hsoobook
페이스북	chaekdam
인스타그램	chaekdam

ISBN 979-11-85494-73-9 03800

※ 저작권법으로 보호받는 저작물이므로 저작권자의 서면 동의 없이
   다른 곳에 옮겨 싣거나 베껴 쓸 수 없으며 전산장치에 저장할 수 없습니다.
※ 책담은 한솔수북의 청소년·성인 대상 브랜드입니다.

큐알 코드를 찍어서
독자 참여 신청을 하시면
선물을 보내 드립니다.

 책담 다른 내일을 만드는 상상